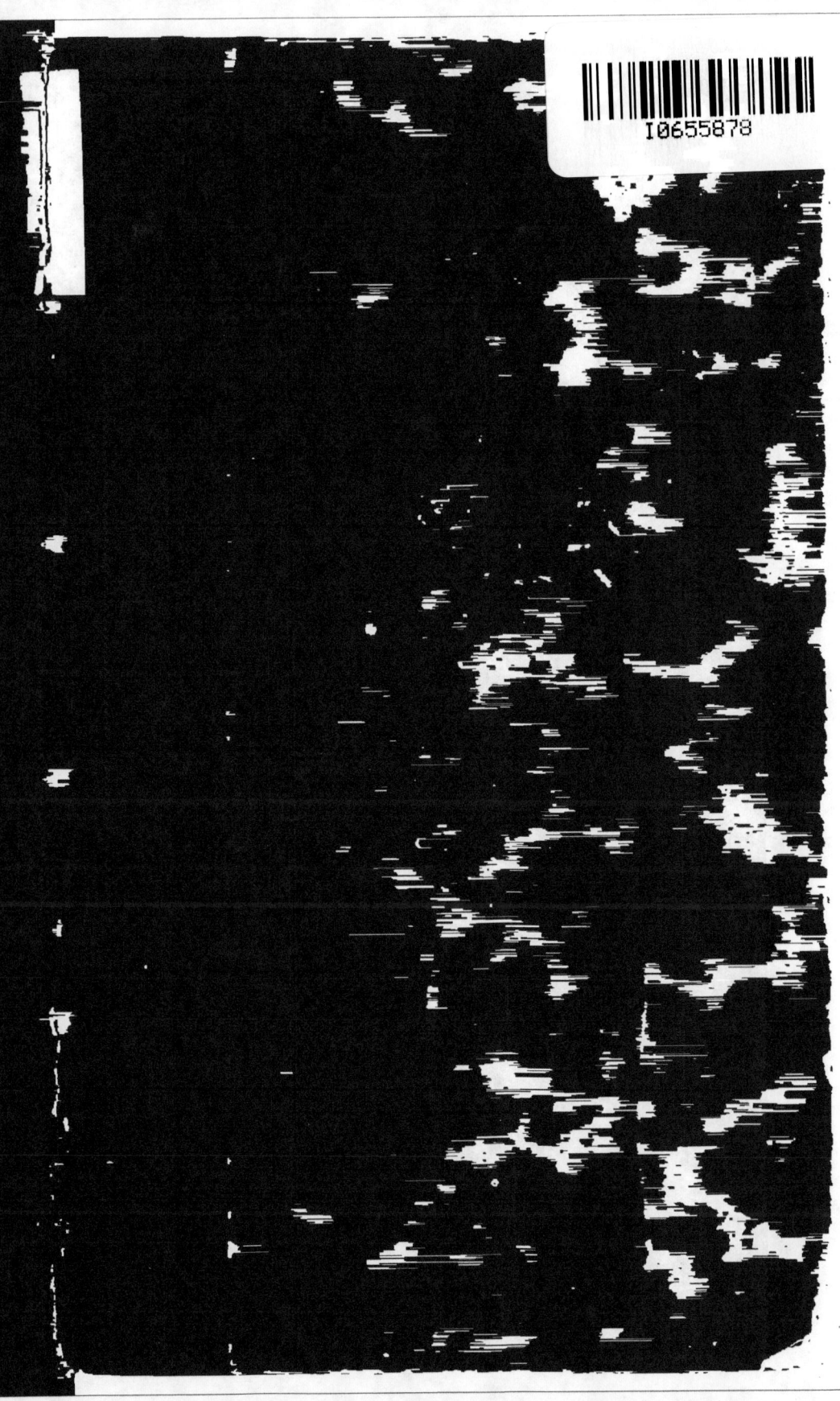

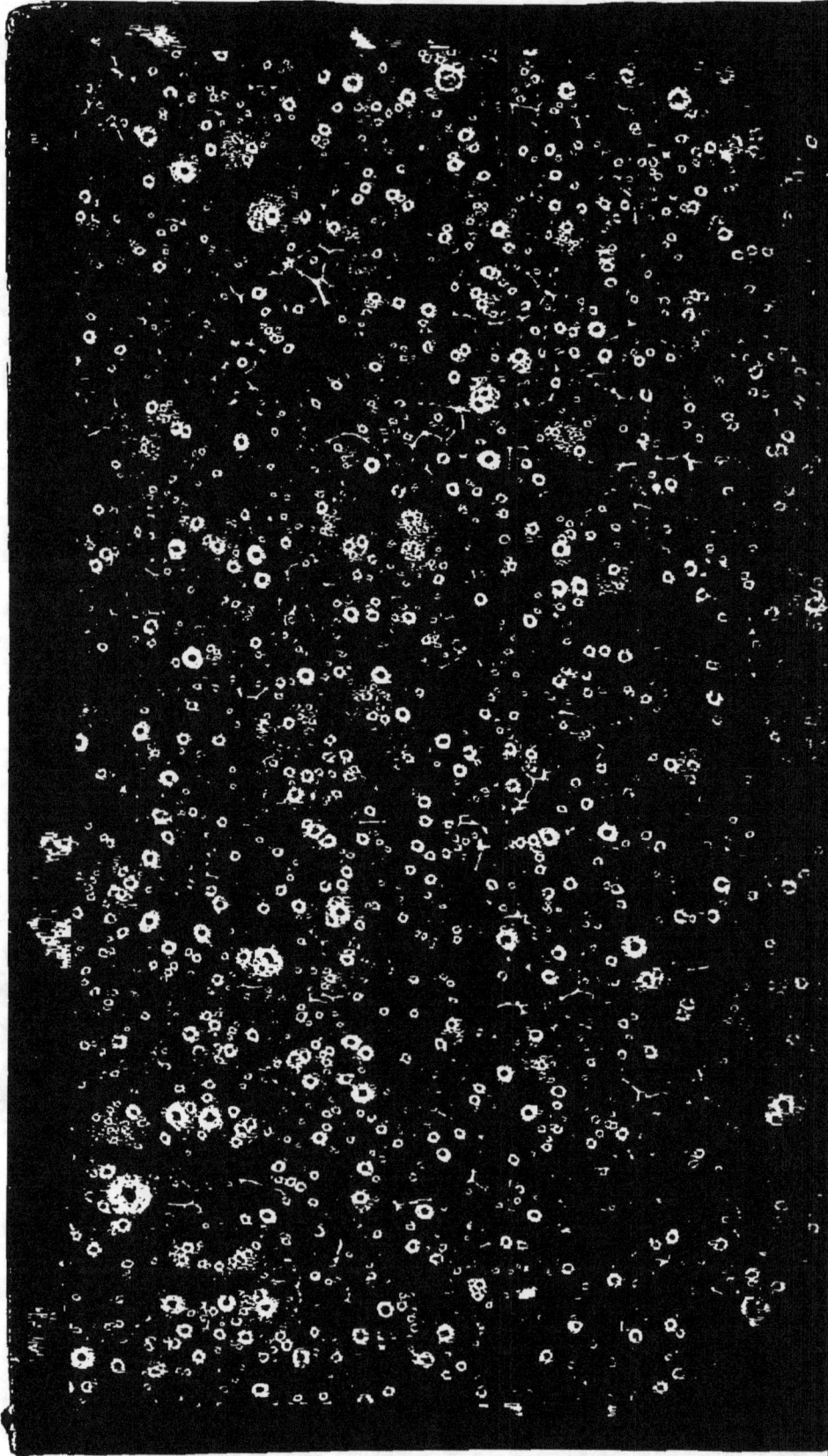

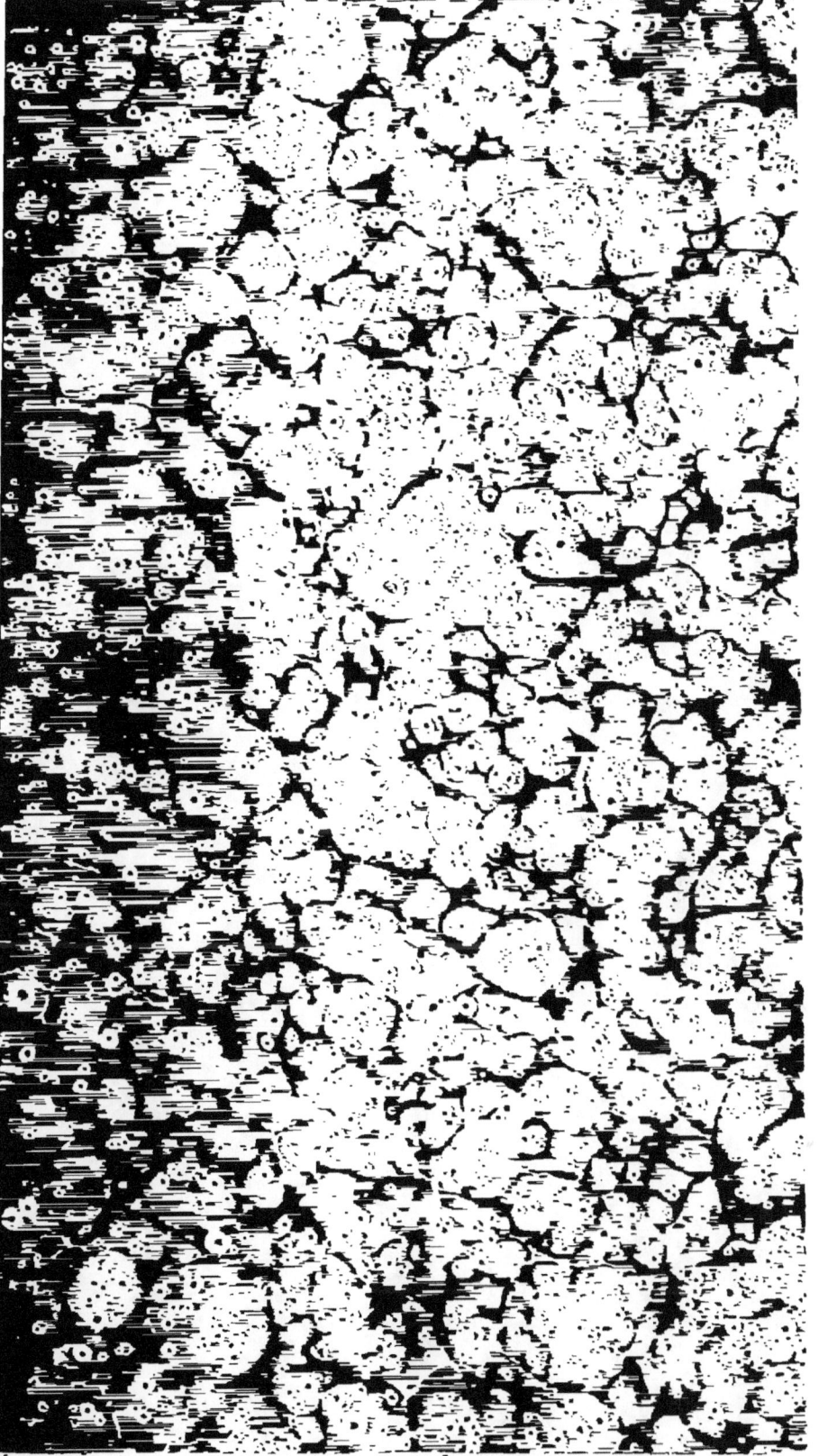

DE LA

LITTÉRATURE

FRANÇAISE

PENDANT LE DIX-HUITIÈME SIÈCLE.

IMPRIMERIE DE FIRMIN DIDOT.

DE LA
LITTÉRATURE
FRANÇAISE

PENDANT LE DIX-HUITIÈME SIÈCLE,

Par M. de BARANTE,

PAIR DE FRANCE.

TROISIÈME ÉDITION,
REVUE ET AUGMENTÉE D'UNE PRÉFACE

A PARIS,

CHEZ LADVOCAT, LIBRAIRE,

AU PALAIS-ROYAL.

1822.

PRÉFACE

DE CETTE TROISIÈME ÉDITION.

————

L'institut proposa, il y a bientôt vingt ans, pour sujet de prix le *Tableau littéraire du dix-huitième siècle*. Son intention manifeste était, qu'en dressant l'inventaire des titres de gloire de cette époque, les concurrents se bornassent à faire un ouvrage de critique. Ils n'avaient rien de plus à examiner que le goût littéraire du siècle qui venait de finir; il fallait le comparer, sous ce rapport, avec les

temps antérieurs, et rechercher quelles
formes nouvelles avaient adoptées les
arts de la pensée. Vu de la sorte, le
sujet restait encore vaste et intéres-
sant. Le concours demeura ouvert pendant plusieurs années, et enfin le prix
fut remporté par deux écrivains très-
distingués (1), qui se renfermant dans
les conditions du programme, surent
pourtant faire entrevoir qu'ils en auraient volontiers aggrandi le cadre.
En effet, il dût leur en couter de res-
treindre à la seule discussion littéraire l'examen d'un tel ensemble de

_____

(1) M. Jay et M. Fabre.

témoignages sur la marche de l'esprit humain, au moment même où cette marche était devenue si rapide et si féconde en grands résultats. Sans doute, ils se dirent, ce qu'un illustre académicien disait une année après, dans le sein de ce même institut, où il venait prendre sa place.

« Autres temps, autres mœurs. Héri-
« tiers d'une longue suite d'années pai-
« sibles, nos heureux devanciers ont
« pu se livrer à des discussions pure-
« ment académiques, qui prouvent en-
« core moins leur talent que leur bon-
« heur. Mais nous, restes infortunés
« d'un grand naufrage, nous n'avons

« plus ce qu'il faut pour goûter un calme
« aussi parfait. Nos idées ont pris un
« cours différent. L'homme a remplacé
« en nous l'académicien, et dépouillant
« les lettres de ce qu'elles peuvent avoir
« de futile, nous ne les voyons plus qu'à
« travers nos puissants souvenirs et
« l'expérience de notre adversité. Quoi,
« après une révolution, qui nous a fait
« parcourir en quelques années les
« événements de plusieurs siècles, on
« interdira à l'écrivain toute considé-
« ration morale; on lui défendra d'exa-
« miner le côté sérieux des objets; il
« passera une vie frivole à s'occuper
« de chicanes grammaticales, de rè-

« gles' de goût, de petites sentences
« littéraires ; il vieillira dans les langes
« de son berceau ; il ne montrera pas,
« sur la fin de ses jours, un front sil-
« lonné par de longs travaux, par de
« graves pensées, et souvent par de
« mâles douleurs, qui ajoutent à la
« grandeur de l'homme? Quels soins
« importants auront donc blanchi ses
« cheveux? les misérables peines de
« l'amour-propre et les jeux puérils de
« l'esprit (1). »

L'écrit, dont nous donnons une

---

(1) Discours de réception de M. de Chateau-
briand.

édition nouvelle, fut composé d'abord pour le concours ; mais l'auteur s'apercevant qu'il n'avait point le talent nécessaire pour féconder un tel sujet, en se renfermant dans les limites du programme, se proposa un autre but : il chercha à rattacher la littérature à tout l'ensemble de la société. Ce point de vue lui sembla d'autant plus indiqué, que jamais les lettres n'avaient, en apparence, joué un si grand rôle, que jamais on ne leur avait imputé une action si puissante.

Sous un gouvernement absolu, où tous les corps de l'état, toutes les classes de la nation se trouvaient pri-

vés de leur part légitime dans la conduite des affaires publiques, les lettres
étaient, par la force des choses devenues un organe de l'opinion, un élé-
ment de la constitution politique.
Faute d'institutions régulières, la littérature en était une. De même sous
l'empire d'un clergé dominant, qui
tremblait devant une controverse auparavant si glorieuse et si salutaire pour
l'église, la philosophie n'ayant plus
accès dans la religion, était devenue
irréligieuse.

Ainsi les pouvoirs de la société, au
lieu de puiser dans leur communication, dans leur communauté avec elle,

une vie continue, une sève sans cesse renouvellée, avaient été chaque jour minés et détruits dans leurs racines. Et comme une ruine épouvantable avait été la conséquence de la position injuste et déraisonnable où s'était mis un gouvernement que rien ne pouvait plus éclairer, ni corroborer, la littérature avait été prise à partie comme le seul ennemi visible qui eût travaillé à sa perte. C'était faute d'appuis qu'était tombé l'édifice, et l'on accusait de sa chute le souffle qui l'avait renversé.

Il importait donc de montrer que la direction des esprits n'avait pas été une circonstance accidentelle, qu'on pût spécialement blâmer ou déplorer, et qu'elle se rapportait à toute la constitution intérieure de la France. L'auteur de cet écrit ne sut voir dans les lettres qu'un *symptôme de la maladie générale*, un signe de l'état de dissolution; il essaya d'envisager cet aspect particulier d'une question si vaste.

Sans doute il eût été plus beau et plus instructif de s'établir franchement dans le centre de cette question, et de traiter l'histoire du gouvernement de la France pendant le dix-huitième siècle; c'était aller chercher le mal dans sa source. Si l'on avait eu, par suite de cette enquête, des coupables à accuser, c'eût été du moins les hommes, qui, ayant disposé de l'autorité, avaient eu une conduite plus influente, et partant plus responsable. Si, au contraire, on s'était aperçu que ceux-là même avaient été à-peu-près sous le joug de la nécessité, alors il aurait bien fallu avoir aussi quelqu'indulgence pour les autres.

Mais, outre qu'une si haute entreprise, eût exigé plus de talent, d'expérience et de savoir, il y aurait eu alors quelque chose de blâmable à rechercher et à peindre les vices d'une époque, qui avait été chatiée par un

si terrible dénouement. C'eût été in-
sulter à des débris épars, à des ruines encore fumantes. D'ailleurs dans
les temps de discorde politique, les
collections d'intérêts ou d'opinions
prennent si bien corps, vivent si bien
d'une vie presqu'individuelle, qu'on
ne peut guères les juger, sans les
irriter, et que des réflexions générales
sont parfois aussi offensantes que si
elles se rapportaient à des noms propres. Aussi la puissance despotique,
qui pour lors comprimait les partis
et qui avait suspendu leur lutte, ne
leur laissait-elle pas la faculté de la
controverse politique. C'était un motif

de plus pour que l'examen de la littérature du dix-huitième siècle fût devenu une question générale. Comme
il était interdit de s'occuper ouvertement de politique, et d'examiner,
même dans le passé, les intérêts et
les droits de la nation, c'était sous le
voile transparent de la polémique littéraire, que les haines, les répugnan-
ces, les rancunes continuaient à se
manifester. Les opinions et les intérêts
qui se rattachaient à l'ordre ancien,
les publicistes épris du pouvoir absolu,
attaquaient cette littérature, comme
cause unique de la révolution; ils se
dispensaient ainsi de verser aucun

blâme sur l'ensemble d'une époque qu'ils regrettaient. Au contraire les opinions et les intérêts qui se rapportaient à l'ordre nouveau, les publicistes qui voyaient le gage de la sécurité dans des institutions et des droits civiques, défendaient cette littérature de tout leur pouvoir.

Reporter la question où elle était réellement, et traiter du rôle politique de la littérature, était donc un acte de franchise; c'était appeler les choses par leur nom et se donner le droit d'être impartial. En montrant que les lettres avaient été conformes à l'état de la société, on pouvait sans injus-

tice les envelopper dans un blâme qui
ne les embrassait plus seules et spécialement; en se dégageant d'un respect factice et superstitieux pour le
régime qui avait conduit la France
vers la révolution, en disant franchement ce qu'il avait d'inique et de frivole, on était autorisé à dire aussi
qu'il avait été attaqué et renversé
d'une manière tout aussi frivole, et
mille fois plus inique.

Tel est l'esprit dans lequel fut
conçu cet ouvrage. L'auteur était
alors jeune, trop jeune peut-être,
pour un pareil sujet. Cependant en
revoyant aujourd'hui ce qu'il écrivit

dans un temps, si différent de l'époque actuelle, il lui est permis sans doute, d'éprouver quelque satisfaction de pouvoir le réimprimer absolument comme il parut alors. Il lui semble surtout qu'il s'était fait peu d'illusion sur le caractère essentiellement passager et transitoire de la domination, qui avait alors tant d'éclat et de prestige. Un homme, quelque profonde intelligence qu'il ait de l'esprit de son temps, quelqu'habileté qu'il déploie à s'en servir comme d'un instrument docile, n'a pas pouvoir, ni mission, pour le changer, pour le détourner de sa route. Quand une

nation a été si complètement dissoute
et renouvelée, il n'appartient à personne de la reconstituer à son gré et
sous sa main. Quand, dans l'univers
entier, l'ordre social ne peut s'établir
que sur de nouveaux rapports des citoyens entr'eux, que sur de nouvelles
idées relativement aux pouvoirs, il
n'y a ni législateur, ni conquérant,
qui puisse se flatter de fonder tout-
à-coup, ce qui ne peut être que l'ouvrage du temps, du bon ordre sans
violence, et du calme sans oppression.
Le pouvoir absolu, qui s'était pour
lors établi, n'était donc rien de plus
qu'un délai apporté au développement

et à la classification régulière des éléments actuels de la société.

Quelles sont les formes, les institutions, les mœurs, les idées qui sortiront de la fermentation actuelle, et qui composeront la constitution morale des peuples civilisés ? Telle était la question que l'auteur se faisait à lui-même, en terminant son ouvrage. Il peut se la faire encore aujourd'hui. Et en effet, qui pourrait s'attendre à la prompte solution de difficultés si grandes ? Qui pourrait espérer de voir le monde reprendre, à un jour donné, une assiette nouvelle ? Il ne s'agit pas seulement de savoir si plus ou moins

de droits seront accordés aux citoyens;
si plus ou moins de garanties seront
prises contre les excès ou l'incapacité
des gouvernants; il ne s'agit même
pas de savoir si les souvenirs et les
affections que l'ancien régime a laissés
après lui, auront une plus grande part
au gouvernement que les souvenirs et
les affections invariablement attachés
à l'état actuel des choses. Ce sont là,
il est vrai, des difficultés terribles,
qui peuvent encore produire des con-
vulsions nouvelles, et reculer d'autant
le dénouement. Mais il en est peut-
être de plus fondamentales, qu'on ne
peut s'empêcher de regarder d'un œil

d'effroi. Il semble qu'elles ne se soient
jamais présentées, et que notre situation soit inouie et inconnue dans l'histoire des temps. Jamais en effet est-il
arrivé que tous les pouvoirs, toutes
les prééminences sociales, qui sont
d'indispensables moyens pour établir
l'ordre dans une nation, même lorsque cet ordre est fondé sur la justice
et la raison, se soient trouvés tout-à-
coup anéantis ou méconnus? Jamais
est-il arrivé que leurs seuls titres pour
se produire et se maintenir aient
été le mérite réel, l'utilité, la force,
l'influence; qu'ils aient eu à se frayer
péniblement leur route à travers tou-

tes les passions des hommes? Jamais
a-t-on vu le principe d'autorité dénué
ainsi de toute sanction préalable, dépouillé de tout préjugé, soumis à un
examen de tous les jours, contrôlé
par chaque intérêt privé, n'en imposant par aucun prestige? Dans une
telle disposition des esprits, le système
des pouvoirs pourra-t-il triompher
des mauvais penchants du cœur humain; vaincre l'envie qui ne sait jamais avouer aucune supériorité; imposer silence à l'intérêt personnel;
fournir emploi à l'activité, aliment à
l'imagination; rassurer les méfiances;
convaincre l'ignorance aussi bien que

les lumières, et les masses populaires en même temps que l'élite des citoyens. En un mot la société dissoute peut-elle, en connaissance de cause, se recomposer? Renferme-t-elle en elle-même les germes d'un ordre solide, et peuvent-ils y être fécondés, y croître, et y jeter des racines?

Il y a quelques années qu'on pouvait se dire tristement : est-ce donc le despotisme qui sera le moyen de solution? Est-ce lui qui, après nous avoir domptés par la force, après avoir réduit et subjugué les imaginations, brisera les volontés, énervera les sentiments, et les réduira à l'intérêt per-

sonnel? Les nations sont-elles destinées à ne trouver que dans leur
dégradation, un calme toujours incertain et précaire? L'ordre ne sera-
t-il rien de plus que l'apathie des peuples qui se laisseront, spectateurs
muets, pousser comme un vil trou-
peau, d'un pouvoir à l'autre? Et
parce que les révolutions se passeront
dans l'enceinte d'un palais ou dans le
camp des soldats, cesseront-elles d'ê-
tre des calamités? car à cela se bornent toujours les promesses et les espérances des hommes qui n'ont d'autre principe politique que d'exclure
les citoyens de toute intervention di-

recte dans la gestion de leurs affaires.

Les succès et les prospérités du gouvernement impérial, pouvaient donner cette crainte, mais moins encore que l'état de la France, la lassitude des esprits, et le goût superstitieux de l'égalité si favorable au pouvoir absolu. Le fondement principal du despotisme était sur-tout cette sécurité avec laquelle, tout ce qu'avait créé la révolution se reposait sur une domination née dans son sein, et se trouvait ainsi lié avec elle, par l'intérêt privé, et non point par l'intérêt général.

La restauration est venue rendre

meilleure espérance aux hommes qui
ont peu de foi dans les bienfaits du
pouvoir absolu. Alors s'est présentée
une combinaison nouvelle. D'une part,
en voyant reparaître les races royales
qui, par leur nom, semblent les repré-
sentants de tout l'ordre ancien de la
société ; et en s'appercevant qu'en
même temps aucun de ses débris ne
pouvait reprendre la vie ; qu'il n'y avait
nul moyen de les réunir, de les replacer en leur ancienne situation ; que les
mœurs, les idées, le train général de-
meuraient les mêmes, beaucoup d'illusions se sont dissipées, beaucoup de
folles espérances se sont évanouies ;

on a commencé à se faire quelqu'idée
de la force des choses, et à ne plus
regarder la révolution comme un ac-
cident, comme le fait de tels ou tels
individus. D'autre part, tous les intérêts et les vanités, qui avaient leurs
garanties dans l'existence même de la
domination nouvelle, qui étaient ainsi
involontairement complices d'une autorité absolue, ont eu un indispensa-
ble besoin de justice, ont dû vivre
dans les méfiances et les précautions,
ont imploré la liberté, au lieu de vivre
en communauté avec le pouvoir.

Cette situation nous a conduits aux
essais que nous faisons, depuis huit

***

ans, d'un gouvernement de délibéra-
tion et de publicité; et jusqu'ici ses
formes et son mécanisme ne nous ont
point mal réussi. Malgré des vacilla-
tions plus fatigantes pour les esprits
prévoyants que pour les masses populaires, la France a pu jouir d'un
assez grand calme, et d'une prospérité croissante. Mais pourtant il nous
faut dire avec un doute moins péni-
ble, il est vrai, que sous le-gouver-
nement précédent, que rien, en tout
ceci, ne donne l'idée de la fixité, ni
de l'avenir. C'est que les formes d'un
gouvernement sont peu de chose,
si elles ne sont pas l'expression des
mœurs, des persuasions, des croyan-

ces d'un peuple. Il faut une ame à tous ces ressorts matériels, et l'ame n'est pas encore venue animer notre nouvelle machine politique. Que les esprits éclairés, qu'une certaine élite de la nation se livrent à l'examen et ne se rendent qu'à une conviction raisonnée ; que cet emploi de l'activité ne soit interdit à personne, cela se conçoit ; mais il faut pourtant qu'une sorte de monnaie courante d'opinions, d'habitudes, d'affections, ait été frappée, et soit reçue de confiance dans tout le pays. Il faut qu'il y ait des autorités et des prééminences investies de quelque force morale, et qui n'ayent pas à faire vérifier chaque matin la réalité de leurs pouvoirs.

Nous sommes loin encore de cette restauration morale; et peut-être la génération actuelle n'est-elle pas destinée à la voir accomplie ; sur-tout si de nouveaux troubles viennent encore bouleverser les opinions. En ce moment, malgré tant de bruit et de véhémence, elles sont énervées par le doute, bien qu'elles essayent de se le cacher à elles mêmes sous la violence des paroles. Chacun n'est pas très-sûr d'avoir raison au fond de sa colère. On s'est si souvent trompé sur les choses et sur les hommes, qu'on veut bien soutenir son opinion, mais *jusqu'au feu exclusivement*, comme dit Montaigne. C'est à cette circonstance que nous devons le repos dont nous sommes quelquefois surpris de jouir.

La littérature vient encore ici témoigner de l'état des esprits. Elle attend qu'une impulsion nouvelle lui soit donnée. Elle cherche les routes qu'elle doit parcourir. Elle n'a plus pour guide que les règles immuables de l'esprit humain ; toutes les observances de détail ont perdu leur crédit, et il n'en reviendra d'autres, que lorsque d'autres habitudes les auront créées.

C'est cette façon d'envisager les événements et leurs résultats qui fut, dans le temps, reprochée à l'auteur.

Elle fut taxée de fatalisme. Il ne peut accepter cette imputation. Tout son fatalisme consiste à rechercher de son mieux la liaison des effets avec leurs causes, et des détails avec l'ensemble. De cet examen a dû résulter l'idée que lorsque les communications sont devenues faciles, rapides et vastes entre les hommes, l'influence des causes isolées est moindre, et que les causes générales sont plus à considérer. De là aussi les individus sont moins importants, et leur action plus inaperçue. On en peut donc conclure qu'il ne dépend point de la volonté ou de la conduite de quelques hommes *d'exer-*

cer une influence vive et décidée (1) sur leur nation et sur leur temps. S'ils sont à la fois puissants et habiles, il leur reste encore une noble tâche. L'intelligence du temps présent, la connaissance de son esprit et de ses tendances a toujours constitué, et constitue plus que jamais le génie de la politique. Au lieu de la faire servir, comme nous l'avons vu, à mettre en mouvement toute une génération, à outrer son activité, à enivrer son imagination, à lui donner le désir d'acquérir plus que celui de conserver; il faudrait démêler les penchants calmes et raisonnables, les vœux modérés,

(1) Voyez à la fin l'article de madame de Staël.

les principes salutaires de notre époque, les protéger, leur donner force et confiance. En un mot, régler et maintenir, voilà tout ce qui est possible; alors les habitudes se formeront; les pouvoirs sauront s'établir et durer; les opinions deviendront sincères et constantes.

En effet, la nature humaine n'est jamais déshéritée, en aucun temps, des facultés qui lui ont été données, pour la justice, la vérité, la religion, l'humanité; il ne s'agit que de les cultiver, et de ne pas exciter les passions qui leur sont contraires. C'est à quoi travaillent, tout de leur mieux, les hommes qui attribuent exclusivement l'exercice des vertus sociales à de cer-

taines formes, à un certain langage,
à de certains souvenirs, à telle ou telle
association d'individus. Ils font ainsi
des noms les plus respectables, une
arme offensive, un moyen d'insulte,
un instrument employé pour des intérêts personnels.

L'impartialité qu'on a reprochée à
l'auteur, n'est donc point si coupable.
Quoi, a-t-on dit, peut-on être impartial entre le bien et le mal (1),

_____

(1) C'est ce que M. le comte Garat disait à
l'institut, en 1809, en parlant de cet examen
de la littérature du dix-huitième siècle. C'est
ce que douze ans après, dans le même institut
répétait, dans les mêmes paroles et en caress-
sant les opinions opposées, M. Roger, à-pro-
pos de l'histoire de Cromwel, de M. Ville-
main.

entre le juste et l'injuste? mais quels sont les partis, qui ont l'insolente et absurde prétention de posséder en propre et exclusivement le bien et le juste, et qui ne veulent pas même qu'on examine jusqu'à quel point ils ont tort ou raison? quelles sont ces autorités qui croient vaincre l'esprit de révolte, en lui annonçant d'avance qu'il doit accorder obéissance, sans conserver aucun moyen d'obtenir justice? n'est-ce pas là précisément ce qui a produit les grandes séditions du dix-huitième siècle? N'est-ce pas là ce qui a tout remis en problème. Vouloir faire du présent, ou un avenir qu'on a rêvé, ou un passé qu'on regrette, c'est retarder le moment où il se calmera, où il se fera des mœurs et une morale.

— C'est donc une œuvre salutaire que d'essayer de faire voir aux uns, qu'on ne dispose pas facilement d'un peuple, que souvent on croit le conduire vers un but, lorsque soi-même on est seulement entraîné par la progression des opinions; que, par exemple, les philosophes du dix-huitième siècle, loin de mériter ou tant de blâme ou tant de gloire qu'on veut leur en distribuer, n'ont fait qu'obéir au mouvement commun, sans prévoir, sans même desirer aucun résultat positif. Et en même temps de montrer aux autres que l'édifice, objet de leurs regrets, est tombé à-peu-près de lui-même, qu'il a été sapé et ébranlé à-la-fois par toutes les opinions et par toutes les influences, par celles même qui semblaient les plus contradictoires ; et qu'il n'y a rien de vivant ni de solide à tirer de ces débris dispersés. Ce n'est point par une coupable indifférence, par une résignation apathique qu'il faut dire, *ce qui est, est;* c'est par la conviction profonde qu'il vaut mieux travailler à améliorer une situation par le repos et le bon ordre, que de tenter vainement, et à tout hazard d'en changer les bases et les principes.

DE LA

LITTÉRATURE FRANÇAISE

PENDANT

LE DIX-HUITIÈME SIÈCLE.

La fin du dix-huitième siècle, et les premières années du siècle suivant, ont été signalées par des événements si importants, que tout l'ensemble des affaires humaines en a été changé et renouvelé. La religion, les gouvernements, la distribution des royaumes ont subi, non pas de simples modifications, mais des révolutions complètes. Les idées des hommes sur la politique, sur la morale, sur toutes les choses enfin où s'exercent leurs facultés, ont aussi pris une autre direction. L'histoire ne pourrait peut-être pas mon-

1

trer un pareil exemple d'un changement aussi vaste, aussi complet et en même temps aussi rapide dans la face du monde.

C'était un sujet bien digne d'exercer la curiosité, que de rechercher les causes de cette terrible convulsion, dont notre nation a d'abord été agitée, et qu'ensuite elle a propagé. Le plus souvent, les mouvements qui bouleversent les empires, peuvent être attribués à des influences directes et positives, aux dissensions des peuples, aux conquêtes d'un prince, aux talents d'un général, au poids insupportable d'une tyrannie, à la violation d'un traité. Mais en France le dix-huitième siècle n'avait pas été fécond en événements. Parmi les hommes qui avaient possédé l'autorité, aucun n'avait montré un de ces grands caractères qui changent le sort des royaumes. Enfin, le siècle, jusqu'à ses dernières années, s'était écoulé,

d'un cours assez tranquille, sans déchirements, sans mouvements extraordinaires.
C'était sur-tout par la marche des opinions
humaines, et par les productions de l'esprit, qu'il avait été remarquable. Les contemporains eux-mêmes s'étaient fort enor-
gueillis de ce développement de l'esprit
humain, et en avaient fait le principal
caractère de l'époque où ils vivaient.

Aussi c'est contre les opinions françaises
du dix-huitième siècle, et sur-tout contre
les écrits où elles sont déposées, que l'accusation a été portée. Parmi les accusateurs, quelques-uns, se laissant emporter
par un esprit d'exagération et d'animosité,
sont tombés, ce nous semble, dans une
erreur remarquable. Isolant ce dix-huitième siècle de tous les autres siècles, ils
le regardent comme une époque maudite,
où un génie malfaisant a inspiré aux écrivains des opinions qu'ils ont répandues

parmi le peuple. On dirait, à les entendre, que, sans les livres de ces écrivains, tout serait encore au même état que dans le dix-septième siècle; comme si un siècle pouvait transmettre à son successeur l'héritage de l'esprit humain, tel qu'il l'a reçu de son devancier. Mais il n'en est pas ainsi. Les opinions ont une marche nécessaire. De la réunion des hommes en nation, de leur communication habituelle, naît une certaine progression de sentiments, d'idées, de raisonnements, que rien ne peut suspendre. C'est ce qu'on nomme la marche de la civilisation; elle amène des époques tantôt paisibles et vertueuses, tantôt criminelles et agitées; quelquefois la gloire, d'autres fois l'opprobre; et suivant que la Providence nous a jetés dans un temps ou dans un autre, nous recueillons le bonheur ou le malheur attaché à l'époque où nous vivons. Nos goûts, nos opinions, nos impressions habituelles en dépendent en grande partie. Nulle chose ne peut soustraire la société à cette variation progressive. Dans cette histoire des opinions humaines, toutes les circonstances sont enchaînées de manière qu'il est impossible de dire laquelle pouvait ne pas résulter nécessairement de la précédente. Ainsi, lorsqu'on a une fois commencé à blâmer l'état où se trouvaient les esprits des hommes à un certain moment, le blâme, remontant de proche en proche de l'effet à la cause, ne peut jamais s'arrêter.

Il semble donc que l'esprit humain soit soumis, en quelque sorte, à l'empire de la nécessité ; qu'il soit irrévocablement destiné à parcourir une route déterminée, et à accomplir une révolution prescrite, ainsi que font les astres.

Le cours de cet astre amène, de temps à autre, des époques critiques pour les na-

tions. Pendant quelque temps cette marche
des idées humaines, d'abord lente et insensible, puis accélérée et rapide, ne change
rien au bonheur des peuples; les lettres
brillent, les sciences avancent à grands
pas, les arts se perfectionnent, les lumières
se répandent; puis arrive un moment où
les opinions généralement adoptées, où la
disposition de tous les esprits, se trouvent
discordantes avec les institutions actuelles.
Alors éclatent les terribles révolutions :
alors les gouvernements s'écroulent; les
religions s'ébranlent; les mœurs se perdent; un long désordre, une agitation pro-
longée, travaillent cruellement les peuples.
Enfin, la tempête s'apaise, et le calme se
rétablit. Le besoin du repos rend les esprits plus dociles; ils perdent la certitude
et la vanité qu'ils attachaient à leurs opinions. Les circonstances indomptables bri-
sent la force des caractères. De nouvelles

habitudes se forment, d'après l'ordre nouveau qui s'établit, et les fils retrouvent quelquefois une époque tranquille après avoir vu finir les malheurs de leurs pères. Puis recommence cette triste progression, qui peut amener les idées à redevenir un jour opposées aux institutions, et produire par-là de nouvelles catastrophes. C'est ainsi que la civilisation, par des alternatives plus ou moins rapprochées, plus ou moins funestes, de repos et d'agitation, conduit les nations à leur décrépitude.

Nous avons été témoins d'une de ces crises fatales; elle a éclaté sous nos yeux dans notre pays, qu'elle a accablé de malheurs longs et cruels. Quand la tranquillité s'est trouvée rétablie, chacun, dans son chagrin, a cherché la cause des maux passés. L'esprit de parti, reste des habitudes de faction, est venu se mêler dans cet examen; l'aigreur et les hostilités personnelles, fruits ordinaires de la controverse, ont pris la place du raisonnement. On a souffert, on trouve que haïr est une consolation. Les uns, fiers de ce que d'autres s'étaient trompés, oubliant avec légèreté ou avec impudence leurs propres erreurs, ont voulu envelopper dans une vaste proscription tout ce qui tenait au dix-huitième siècle ; les autres, engagés par d'anciennes habitudes, et se trouvant compris dans cette accusation, se sont attachés à défendre un temps qui était le leur. De cette sorte, la question, de grande et générale qu'elle pouvait être, est devenue un combat interminable d'arguments personnels. Le dix-huitième siècle n'a été qu'un prétexte à la querelle. Les premiers, en l'attaquant, n'ont songé qu'à porter des coups à leurs adversaires ; ceux-ci, de leur côté, se sont crus obligés de parer des atteintes dirigées contre eux individuellement.

Peut-être ceux qui n'ont pu prendre aucune part aux événements passés, qui sont venus trop tard pour embrasser un parti, et qui n'ont été pour rien dans ces discordes mal éteintes, pourraient-ils avoir plus d'impartialité. Ce sentiment les ferait remonter à des causes plus générales. Le siècle leur paraîtrait comme un vaste drame, dont le dénouement était inévitable, de même que le commencement et la marche étaient nécessaires. Ils suivraient le cours des opinions pendant cette époque, chercheraient le point de départ, marqueraient les divers degrés qui ont été parcourus, et le terme qui a été atteint. La littérature ne serait, à leurs yeux, ni une conjuration entreprise en commun par tous les écrivains pour renverser l'ordre établi, ni un noble concert pour le bonheur de l'espèce humaine; ils la considéreraient comme l'expression de la société, ainsi que l'ont définie d'excellents esprits. Appliquant cette idée au dix-huitième siècle, ils la développeraient dans tous ses détails. Ils essaieraient de faire voir que les lettres, au lieu de disposer, comme quelques-uns le disent, des opinions et des mœurs d'un peuple, en sont bien plutôt le résultat; qu'elles en dépendent immédiatement; et qu'on ne peut changer la forme ou l'esprit d'un gouvernement, les habitudes de la société, en un mot, les relations des hommes entre eux, sans que, peu après, la littérature éprouve un changement correspondant. Ils montreraient comment se forment les opinions du public, comment les écrivains les adoptent et les développent, et comment la direction dans laquelle marchent ces écrivains leur est donnée par le siècle. C'est un courant sur lequel ils naviguent : leurs mouvements en accélèrent la rapidité, mais lui doivent la première impulsion. Telle est l'idée qu'ils pourraient se former de l'influence des hommes de lettres.

Ainsi au lieu de juger les écrits du dix-huitième siècle comme des actions dignes de blâme et d'éloge, ils y verraient seulement des symptômes de la maladie générale. Ils éviteraient d'être accusateurs ou apologistes, pour tâcher d'être historiens. Toutefois craignant de tomber dans une coupable indifférence, il faudrait qu'ils ne pardonnassent point à la perversité et à la mauvaise foi. Ils chercheraient à découvrir le caractère et l'intention de l'écrivain, et ne le jugeraient pas uniquement d'après les opinions qu'il a professées, puisque toutes peuvent se trouver funestes ou innocentes suivant les circonstances. Ils n'imputeraient pas le mal à celui qui a cherché le bien dans la sincérité de son cœur ; et s'ils reprochaient aux philosophes irréligieux d'avoir attribué la Saint-Barthélemi à la religion , ils ne tomberaient pas dans la même faute, en chargeant la philosophie des massacres de Septembre.

En essayant de suivre cette marche, nous sommes dans l'obligation de remonter plus haut que le dix-huitième siècle, et de parler rapidement des temps qui l'ont précédé, et auxquels il se rattache non pas seulement par le cours des ans, mais aussi par celui de l'esprit humain.

Depuis le seizième siècle, où de longues révolutions avaient enfanté de grandes et nouvelles choses, une certaine fermentation avait succédé aux mouvements des peuples. Les lumières se répandaient, les matériaux de l'antiquité étaient mis en évidence par les érudits pour servir d'exemple au génie : des religions se combattaient; cette lutte avait fini par rendre l'observation de leurs lois plus éclairée et plus régulière; mais elle avait jeté dans quelques esprits des doutes sur les dogmes. Cependant les lettres et les sciences étaient pour bien peu encore dans l'existence des empires. Les passions et les intérêts des princes et des grands, le gouvernement des souverains, tels étaient les principes de changement et de révolution. Les hommes lettrés vivaient dans la solitude et dans l'inaction du cabinet. Leur esprit n'habitait pas le monde réel et ne quittait guère, soit les siècles passés, soit les régions élevées de la philosophie métaphysique. Rien dans leurs travaux n'était usuel, ni applicable. Les événements du jour leur importaient peu, et n'étaient point de leur ressort. Ils communiquaient, entre eux et avec le public, par leurs livres seulement. Cette réunion continuelle des hommes oisifs, mettant en commun leurs idées, qui est une des circonstances importantes de nos mœurs, n'était pas dans les mœurs de ce temps-là. Les opinions des écrivains ne pouvaient avoir ni ensemble, ni influence dans l'état. Les personnes que leur position appelait à exercer quelque action politique, n'avaient pas en général, au milieu de leur vie active, le loisir d'acquérir des lumières et de s'adonner à la réflexion. Si dans l'église ou la magistrature quelques hommes s'occupaient également des lettres et des affaires, leur conduite ne se ressentait pas de cette double direction. La littérature ayant alors peu de cours dans le monde, n'étant point un objet de communication habituelle, elle ennoblissait leurs loisirs, mais n'influait pas sur eux beaucoup plus que sur le reste de la nation. Tel fut le caractère des lettres jusqu'au moment de la domination du cardinal de Richelieu; elles étendaient successivement leur domaine, s'introduisaient peu à peu dans la langue vulgaire, occupaient chaque jour quelques esprits de plus, mais restaient étrangères aux affaires des peuples, à leurs mœurs et même à leurs opinions.

Aussitôt après la mort de Richelieu, on voulut secouer le joug. Un changement quelconque inspire plus de courage. D'ailleurs le successeur du ministre n'avait pas hérité de son indomptable caractère. Mais comme ce n'était pas contre la royauté qu'on s'était accoutumé à murmurer, l'existence du trône ne fut nullement attaquée. On ne songea qu'à renverser le ministre. Dès que la révolte arrivait aux pieds du trône, elle s'inclinait avec respect, et se retirait. Tel fut le caractère de cette sédition, qui recommençait sans cesse et tournait sur elle-même, parce que les séditieux, s'étant imposé une borne respectable, ne pouvaient aller en avant. Il y eut cela de particulier que la Fronde, n'opé-

rant aucun bouleversement, attaquant tout
sans rien renverser, laissa chaque homme
et chaque classe à sa place. C'est ce qui
contribua à terminer promptement et complètement cette espèce de révolution. Personne n'avait à déchoir, aucune vanité
n'avait à souffrir. Il n'y avait pas, comme
on l'a vu depuis, une barrière insurmon-
table entre le passé et l'avenir.

Cependant un tel état de désordre et
d'indiscipline devait nécessairement avoir
laissé des traces dans les esprits, et devait
leur avoir appris à ne plus respecter ce qui
avait été autrefois l'objet de leur vénération. On avait chansonné une reine et un
cardinal; un coadjuteur de Paris avait com-
promis son caractère ecclésiastique de mille
manières; les princes avaient bafoué le parlement; un petit-fils de Henri IV avait été
livré à la risée publique. Ce n'est pas impunément qu'on offre un pareil spectacle

au peuple : quoiqu'il ne fut alors ni très-
éclairé, ni très-réfléchissant, on l'avait tellement mêlé à toutes ces choses, qu'elles
avaient dû le frapper. Ce n'était cependant
pas la première fois que le peuple avait été
appelé comme auxiliaire dans les troubles
de la France ; mais jusqu'alors on lui avait
demandé sa force et non pas son opinion ;
plus d'une fois il avait attaqué les grands
de l'état ou les ministres ; souvent même
il avait montré plus de haine et de fureur
contre eux, mais il n'avait pas cessé de les
craindre et de les respecter. Lorsque les
factions de la Fronde prirent naissance, les
princes, les grands, la noblesse, les magistrats avaient tous perdu leur force et leur
dignité sous le joug de fer du cardinal de
Richelieu ; quand tour à tour ils sollicitè-
rent le secours du peuple, ce fut comme
égaux qu'ils l'implorèrent. Il apprit par-là
à ne révérer que la seule autorité royale.

De ce moment, il n'y eut plus de respect
pour aucune chose, pour aucune institu-
tion, pour aucune personne; tout était
déchu de pouvoir et de considération; il
ne restait plus que le trône, qui semblait
plus élevé, parce qu'il n'était plus enve-
loppé de ses remparts. Pendant un siècle
et demi, on s'est ensuite accoutumé peu
à peu à ne plus respecter le trône.

Ces influences de la Fronde ne s'exercèrent pas tout de suite sur les derniers rangs
de la société. Elle n'était point encore formée de manière à donner un cours rapide
à ses opinions: elles ne se manifestèrent
d'abord que dans la classe oisive et aisée
de la capitale.

Mais bientôt commença à régner un roi,
comme il le fallait pour faire disparaître
les apparences du désordre. De la dignité
et de la grace; de la gravité et de la poli-
tesse; un esprit éminemment despotique,

mais par instinct, sans violence et sans perversité; ne concevant pas qu'on pût lui résister, mais ne voulant en général que des choses convenables et justes : tel fut le caractère d'un souverain qui devait exercer une si grande influence sur la nation, et dont le règne devait être signalé par un changement presque total dans le caractère français. Ce ne fut pourtant pas sans quelque peine qu'il parvint à façonner la cour et la France, suivant ses desirs. Les grands seigneurs conservèrent quelque temps un ton d'indépendance et de légèreté, héritage dégénéré du caractère franc et téméraire de leurs ancêtres. Des exils et des bienfaits firent disparaître cet esprit d'opposition, qui ne s'appliquait plus qu'à de petites intrigues. Le Parlement fut contraint de ne plus se regarder comme le défenseur des droits de la nation. La cour fut transportée hors de Paris, devenu odieux par ses révoltes. Les courtisans ne furent plus détournés de l'obéissance et de l'admiration, par la société des hommes qui, n'approchant pas du monarque, n'étaient pas subjugués par le même prestige. Enfin, l'œuvre du cardinal de Richelieu fut consommée. Le système de gouvernement qu'il avait établi par la violence, se trouva dorénavant conforme aux nouvelles mœurs de la nation.

Voyons maintenant si nous n'apercevrons pas que les lettres aient aussi changé de caractère pendant ces variations du gouvernement et de la politique. Il semble que dans les ouvrages publiés durant la première partie du dix-septième siècle, sous le règne du cardinal de Richelieu, on peut reconnaître une physionomie plus grave et plus forte. Les écrivains n'étaient pas rebelles à l'autorité, ne prétendaient aucunement à l'indépendance ; mais quand on

se borne à obéir au pouvoir, sans chercher
à lui plaire, l'esprit conserve la plus grande
part de sa liberté. La vie des littérateurs
était studieuse et solitaire. Leur imagination s'allumait par le spectacle des grands
événements dont ils étaient témoins. Quelquefois on recherchait le secours de leur
plume, et le fruit de leurs veilles allait se
mêler aux intérêts du monde.

De ces circonstances résultent cette har-
diesse dans les maximes, cette indépendance dans les idées, ce jugement auda-
cieux de toutes choses qu'on remarque
dans Corneille, dans Mézeray, dans Bal-
zac, dans St.-Réal, dans Lamothe-Le-
vayer. Un peu après, et plus particulièrement pendant les troubles de la Fronde, on
voit une foule d'écrits, d'un autre caractère, qui devait aussi bientôt disparaître.
La légèreté, la familiarité, la gaîté, souvent profondes de Charleval, de Saint-

Evremont, d'Hamilton, son élève (quoiqu'il ait écrit plus tard), dépendent aussi des circonstances de cette époque. Le cardinal de Retz sut de même conserver dans ses Mémoires le style du héros de la Fronde. Pascal, qui alors commença à briller, se ressent aussi de ces influences. Plus tard, lorsque le grand Arnaud vivait dans l'exil, son ami n'aurait pu empreindre les Provinciales de ce caractère de force et d'indépendance, qui se montre également dans la plaisanterie et dans le sarcasme sérieux. Molière, qui avait vécu dans la société de plusieurs de ces hommes, en garda quelque chose de mâle dans son talent, de profond dans ses observations, et de plaisant dans sa manière. Racine, plus jeune, mais qui avait fréquenté les derniers restes de cette école, en montre des traces dans ses premiers ouvrages ; et sans doute Britannicus, méconnu par une cour et un public déja changés, est un résultat de cette première direction. Il prit une autre route, et heureusement son génie a semblé n'y rien perdre.

Le besoin du repos et de l'ordre, la reconnaissance pour celui à qui on les devait, le spectacle nouveau d'une cour qui avait soumis et même séduit la nation, tournèrent les esprits d'un autre côté. Tous se firent une gloire de contribuer à la gloire du monarque. Tout fut destiné à lui complaire. Le talent, à cette époque, avait assez de force intérieure pour que cette destination ne lui ôtât que peu de chose de sa chaleur et de son originalité. L'arbre dont la végétation est vigoureuse ne s'élève pas moins haut pour avoir subi quelque contrainte.

Mais il faut le reconnaître : tout ce qui a fait la gloire de Louis XIV, ministres, généraux, écrivains, tous avaient reçu la naissance et l'éducation à une époque où son gouvernement n'avait pas encore pris son assiette. Leur génie fut, pour ainsi dire, trempé dans un temps où les ames avaient plus de vigueur et de liberté. Quoi qu'il en soit, cette première génération d'hommes une fois épuisée, elle ne se renouvela pas. L'influence de Louis XIV ne fit rien naître de semblable autour de lui. Son éclat commença à se ternir, quand il eut perdu ce noble cortége. L'obéissance continua à être la même, le souverain fut toujours entouré de toutes les apparences du respect; mais l'admiration et l'enthousiasme n'y étaient plus. Au commencement de son règne, il avait ébloui tout ce qui l'entourait, et les sentiments qu'il inspirait à ses courtisans, s'étaient répandus dans toute la France. Sur la fin, sa cour, qui le voyait de près, se départit la première de cette adoration. Comment, en effet, de jeunes princes et de jeunes seigneurs pou-

vaient-ils conserver intérieurement quelque vénération pour un roi qui exigeait
la régularité des mœurs, tandis qu'à la face
de son royaume, il faisait, au mépris des
lois les plus révérées, élever et reconnaître
comme ses enfants, les fruits d'un double
adultère ; qui croyait constater son amour
et son respect pour la religion, en chassant
les Protestants et persécutant les derniers
restes de Port-Royal ; qui ne rougissait
point enfin de porter publiquement le joug
d'une femme dont l'esprit et le caractère
convenaient pour gouverner un couvent,
mais non pas pour régir un empire ? Quoique ces contradictions fussent, pour ainsi
dire, cachées sous une représentation im-
posante, quoique les malheurs, qui furent
le fruit de toutes ces fautes, fussent sup-
portés avec la plus noble résignation, on
conçoit cependant que la nouvelle génération qui n'avait pas assisté au spectacle

de la gloire et de la prospérité du vieux monarque, qui ainsi n'était pas subjuguée par la puissance des souvenirs, ne devait plus être fière du joug, comme l'avaient été ses pères. Devant les regards du roi, à son majestueux aspect, nul n'osait enfreindre les règles qu'il avait prescrites. Mais, dans son propre palais, ses enfants, leurs favoris, leurs contemporains, se livraient à des désordres qu'on dérobait aisément aux yeux affaiblis de l'auguste vieillard. La religion et les mœurs devenaient peu à peu un objet de ridicule. On s'accoutumait à les considérer comme de vaines lois, en les voyant se prêter chaque jour aux fantaisies du souverain, qui pourtant s'imaginait les observer, et voulait que les autres s'y conformassent strictement.

Cependant, la vie oisive de la cour, la conversation des femmes avaient détruit ce caractère de gravité, que les Français

avaient eu jadis, et les avaient amenés à
une frivolité, qui s'est encore accrue depuis.
Le spectacle du désordre n'inspirait pas
ces haines vigoureuses que doivent ressentir les ames honnêtes. Il répandait une
certaine indifférence pour les principes;
un esprit de doute sur des opinions que
les hommes avaient jusqu'alors respectées;
une habitude de se jouer de tout; un cynisme déhonté, qui, après avoir couvé
long-temps pendant la vieillesse de Louis
XIV, et avoir affligé ses derniers regards,
finirent par s'asseoir sur le trône dans la
personne de Philippe d'Orléans.

Toutefois, il y avait encore à la cour des
hommes d'un rang élevé, qui reconnais-
saient les erreurs du roi, et savaient les
juger, sans perdre les sentiments de respect
et d'obéissance. Fénélon vivait au milieu
de cette société, et y répandait ses vertueux sentiments. Là, on ne prenait pas

occasion de décrier la morale et la religion, parce que ceux qui les professaient ne savaient pas s'y conformer. En observant les fautes et les faiblesses du monde qui l'environnait, en voyant comment les passions et les penchants triomphent des meilleures intentions, Fénélon apprit à professer une vertu douce et tolérante. Il s'aperçut aussi que ceux qui obéissaient à la morale et à la religion par une crainte et une soumission aveugles, ne savaient pas en faire un digne usage, et il chercha à leur donner un pouvoir qui eût sa source dans l'amour, les lumières et la persuasion. Il pensa que, puisque les rois étaient sujets à l'erreur, et que cette erreur faisait le malheur des peuples, les lois devaient servir de bornes au pouvoir royal. Il fut disgracié et presque persécuté. Son élève, qui, on aime à le croire, eût fait le bonheur de la France, fut durant sa vie mal accueilli de son aïeul. Le roi voyait en lui une critique vivante de sa conduite ; en même temps il était un objet de ridicule pour cette jeunesse de la cour, qui voulait blâmer les fautes du souverain, mais pour autoriser un désordre plus grand.

Fénélon n'est pourtant pas le dernier qui ait fait entendre les paroles de la religion et de la philosophie, de la vertu et de la douceur heureusement associées pour le bonheur et l'instruction des hommes. Il se trouva immédiatement après lui un prélat éloquent et respectable, qui donna aux préceptes de raison et de liberté l'autorité de la parole de Dieu, et qui leur imposa pour bornes la religion et la soumission aux lois. Tel fut le caractère de la suave éloquence de Massillon. Bossuet avait fait retentir dans la chaire toutes les maximes qui établissent le pouvoir absolu des rois et des ministres de la religion. Il avait eu

3.

en mépris les opinions et les volontés des
hommes, et il avait voulu les soumettre
entièrement au joug. Massillon, qui ne vivait pas comme Bossuet sous un gouvernement noble et imposant, sur lequel on
pût s'en reposer pour la gloire de la nation,
ne fut pas inspiré de la même manière. En
exhortant les citoyens à l'obéissance, il
rappela sans cesse au prince qu'il fallait la
mériter en respectant les droits de la nation. Il fit entendre la vérité à un jeune roi
qui profita bien mal de ses hautes leçons,
et dont la conduite accrut par la suite un
sentiment qui commençait dès lors à se montrer ouvertement, le mépris de l'autorité.

Son éloquence participa du caractère de
ses opinions. Elle ne fut pas, comme celle
de Bossuet, puissante par la hauteur et l'é-
nergie, par une sorte d'âpreté et de ter-
reur qui subjuguent et terrassent les esprits.
Massillon ne s'empare point de la persua-

sion par autorité et de vive force. La marche
de ses pensées est plus graduée, il les dé-
veloppe, il amène par degrés le lecteur à
les partager; s'animant peu à peu d'une
sainte chaleur, il remplit les cœurs, et par
une route différente produit aussi tous les
nobles effets de l'éloquence. On doit encore
observer qu'il usa de la langue d'une autre
manière. Bossuet, versé profondément dans
les lettres saintes, plein d'une érudition que
la controverse avait rendue nécessaire,
Bossuet transporta dans ses discours le
langage de l'Écriture, les formes simples et
audacieuses des locutions orientales; et la
langue céda à la force de sa pensée. Massillon se conforma davantage au génie plus
timide qu'avait pris notre langue. On avait
déja beaucoup écrit. On était habitué à des
formes de style consacrées par de grands
succès; il n'était plus possible de disposer aussi librement du langage, et de lui

donner un caractère individuel et original.

La vieillesse de Louis XIV et la première époque du dix-huitième siècle laissent encore remarquer quelques hommes qui, par leur caractère et la couleur de leurs écrits, appartiennent plutôt au temps où ils commencèrent leur carrière qu'à celui qui la vit finir.

Parmi eux, on doit nommer l'abbé Fleury, qui avait mérité l'estime et la protection de Fénélon; tous les partis, d'un commun accord, lui ont donné le surnom du *judicieux Fleury*. L'histoire ecclésiastique est un travail immense, où l'on trouve plus que de l'érudition. Elle est écrite avec précaution, mais avec critique et bonne foi. Les nombreuses questions méthaphysiques qui font partie du sujet, sont expliquées avec clarté et profondeur. Le tableau des événements du monde, qui se rapportent à la religion, est tracé simplement et à grands traits. Dans les discours qui accompagnent cette histoire, l'auteur a su mettre une impartialité, qui n'est point de l'indifférence. Dans son livre sur le choix et la méthode des études, il a montré un sens droit et juste, un amour vif et éclairé de l'antiquité, sans pédanterie ni affectation.

Rollin, qui vécut loin du monde, tout entier aux devoirs de son état, sut les retracer avec simplicité. Il chercha à inspirer à la jeunesse le goût de toutes les choses honnêtes, en même temps que l'amour des lettres. Il écrivit l'histoire avec simplicité, sans la dessécher ni la dénaturer. Il ne la travailla pas de manière à en faire la démonstration d'un système, comme on l'a vu depuis.

Plus illustre qu'eux, d'Aguesseau, citoyen plein de constance et de vertu, au milieu de la corruption universelle, ne céda jamais ni aux séductions du vice, ni aux abus de l'autorité; il occupa ses loisirs par l'étude des lettres et des sciences, et donna un des derniers exemples de la conduite que doit tenir un magistrat dans la monarchie française, en suivant les traces qu'avaient laissées dans cette carrière tant de vertueux prédécesseurs. On retrouve dans son style, plein de gravité et de douceur, tout le caractère de sa vie. Il cultiva les sciences exactes et la littérature étrangère. Ainsi il suivit un des premiers le genre d'études qui allait s'unir peu de temps après à des opinions nouvelles; mais sa piété et son attachement aux devoirs sévères de la magistrature, le tinrent écarté de l'esprit qui commençait à régner dans les lettres, comme de la dépravation des mœurs.

Après avoir ainsi parlé de ceux qui demeurèrent pour ainsi dire étrangers à ce qui les entourait, nous allons entrer pour n'en plus sortir, dans cette littérature qui reçut si puissamment l'influence des mœurs, et qui en prit tout le caractère.

La cour de Louis XIV était déja changée ; elle avait déja adopté un esprit et des principes nouveaux, quand les lettres marchaient encore dans la direction que lui avaient précédemment imprimée les illustres auteurs qui s'évanouissaient l'un après l'autre. Campistron et les imitateurs de Racine se traînaient servilement sur les traces de leur modèle, avec plus ou moins de succès, sans donner à leurs productions une couleur particulière. Au lieu d'approfondir les sentiments, et de les chercher dans leur propre inspiration, ils s'attachaient à copier les formes du style de leur maître.

La comédie avait gardé plus de vigueur et de gaîté. Les caractères, les ridicules, la physionomie des divers états de la société avaient conservé encore quelque chose de saillant, qui depuis s'est effacé. Regnard et

Dancourt représentaient avec une grande
verve de plaisanterie et d'esprit, parfois
même avec profondeur, les mœurs cor-
rompues de leur temps. Lesage, leur rival
dans la comédie, appliquait aussi le même
genre de talent au roman, qui prenait ainsi
entre ses mains un caractère tout nouveau.
Il n'appartenait qu'à un auteur de l'école de
Molière de produire *Gil-Blas*, qui n'est, en
effet qu'une comédie de forme différente.
C'est la peinture du cœur humain sous
l'aspect du vice et du ridicule ; mais Lesage, comme Molière, savait approfondir
l'homme sans le disséquer. Rien dans ses
ouvrages ne montre l'analyse ; il est un des
derniers qui ait su peindre au lieu de décrire. Plus tard, on s'est imaginé qu'on
était plus profond parce qu'on étalait tout
le travail de l'observation, et que l'imagination avait perdu le pouvoir de reproduire la nature vivante.

Ajoutons que les comiques de cette époque sont curieux à consulter, comme monument historique, et comme témoins authentiques des mœurs du temps. Ils montrent qu'il n'y avait pas un long chemin à faire pour passer de la fin du règne de Louis XIV à la régence du duc d'Orléans. Ce fut presque une transition insensible pour l'esprit de la nation. Mais la différence fut grande et fatale entre les deux gouvernemens.

Quelques historiens se reportent à ce moment. Daniel falsifiait au profit de l'autorité royale, les annales de la nation, et détruisait tout le charme que les narrateurs contemporains avaient répandu sur les nobles souvenirs de l'ancienne France. Quarante ans avant, le spirituel et profond Mézeray avait bien mieux conservé l'esprit et le caractère national. Vertot, quoique peu exact, dénué de force et de simplicité;

4

réussissait mieux que Daniel, et savait du moins intéresser.

Cependant au-dehors de la France étaient plusieurs écrivains animés d'un esprit particulier. C'étaient les réformés, exilés par la révocation de l'édit de Nantes. Ils se vengeaient chaque jour de la persécution qu'ils avaient injustement éprouvée, en calomniant le roi et la religion catholique. Leurs écrits, en pénétrant en France, trouvaient des esprits disposés au mécontentement, aigris par les malheurs de la guerre, et accroissaient le mépris de l'autorité des lois.

Parmi ces réfugiés, brillait un homme dont les productions vivront long-temps, tandis que leurs libelles obscurs ont été presque aussitôt oubliés. C'était Bayle, le plus hardi et le plus froid douteur de tous les philosophes. D'ordinaire, les écrivains se servent du doute pour détruire ce qui

existe, afin d'y substituer leur opinion.
C'est une arme qu'ils emploient pour conquérir. Chez Bayle, le doute est un but,
et non pas un moyen. C'est un équilibre
parfait entre toutes les opinions. Rien ne
fait pencher la balance. L'esprit de parti,
les préjugés, l'influence de l'éloquence, les
séductions de l'imagination, rien ne touche
Bayle, rien ne peut le déterminer. Toutes
les opinions lui semblent probables; quand
il en trouve de mal défendues, il s'en empare, et vient à leur appui pour qu'elles
ne perdent pas leur cause. Chose étrange!
il semble se complaire dans une telle incertitude, son ame n'est point oppressée et
déchirée par cette ignorance des questions
qui importent le plus à l'homme. Il les
aborde, et se réjouit de ne les pouvoir
résoudre. Ce qui a fait le supplice épouvantable de tant de grands esprits, de tant
d'ames élevées, est une sorte de jeu pour lui.

On a attribué à la philosophie de Bayle
une dangereuse influence ; au premier
abord, cet équilibre entre les opinions
peut séduire, il est vrai, quelques esprits
qui croient y voir de la supériorité. Mais le
doute de Bayle est un doute savant, et il
raille bien plus ceux qui rejettent légèrement et sans examen, que ceux qui croient
avec soumission. Jadis le savoir conduisait
quelques hommes à douter ; depuis, l'ignorance et la frivolité ont ouvert un plus
large chemin. Ce ne sont pas des ouvrages
comme ceux de Bayle, qui égarent le vulgaire : c'est peut-être plus tard qu'ils sont
devenus funestes ; cette érudition immense
qui les compose, en a fait un vaste arse-
nal, où l'incrédulité est venue facilement
emprunter des armes ; on y trouva aussi le
triste exemple de cette raillerie continuelle
qui s'en va flétrissant toutes les opinions,
tous les mouvemens élevés de l'ame, qui

considère comme désordre ou comme folie tout ce qui ne se rapporte pas à son froid raisonnement. La plaisanterie de Bayle est, il est vrai, presque toujours lourde et vulgaire; elle amuse quelquefois, précisément parce qu'elle est imperturbable, et qu'elle se mêle singulièrement avec la pédanterie d'un critique; mais il s'est rencontré depuis, des hommes qui ont su donner de la légèreté et de la grace aux railleries de Bayle, les arranger pour l'usage de la frivolité, et leur procurer un cours universel.

Lorsque, pendant quelques années, la littérature eut suivi les traces du siècle de Louis XIV, sans avoir produit rien de marquant ni d'original, quelques hommes de talent montrèrent qu'il n'appartient qu'à la médiocrité d'imiter servilement; et que pour acquérir une réputation durable, s'il faut suivre des guides, il est plus essentiel encore de se livrer à sa propre impulsion.

4.

Un tragique nouveau parut sur la scène,
et s'y fit remarquer sur-tout par un caractère nouveau et particulier. Crébillon,
étranger aux modèles de l'antiquité, ayant
peu médité sur l'histoire, dépourvu de
grandes et profondes pensées, écrivain
sans correction et sans harmonie, sut parfois donner aux passions une expression
forte et sombre qui frappe et étonne l'esprit, sans émouvoir le fond du cœur. Il
s'écarta entièrement de cet art où triom-
phait Racine, de cet art de s'emparer
entièrement du cœur, en arrivant par des
nuances successives, et toujours pleines de
vérité, aux mouvemens les plus passionnés;
de conduire ainsi, par une route continue
le spectateur à partager la situation et les
sentimens des personnages. Les imitateurs
de Racine, croyant suivre la même marche
que lui, avaient délayé la passion dans un
vain parlage, et s'imaginant préparer les

impressions tragiques, ils les avaient affaiblies. Crébillon qui vécut dans la solitude, qui avait passé sa jeunesse loin de Paris, s'éleva au-dessus d'eux, par cela seul qu'il se livra à son propre génie, et qu'il en sut donner la couleur à ses ouvrages. Mais ce génie que d'heureuses circonstances préservèrent de tomber dans une fade imitation, est loin de pouvoir être égalé à celui des grands tragiques de la scène française. Lorsque les tragédies de Crébillon parurent, elles ne furent pas autrement jugées ; quelques-unes obtinrent un grand succès, mais ce ne fut que long-temps après qu'on essaya de porter leur auteur au premier rang, pour l'opposer à un écrivain qui s'y était placé. Cette renommée factice s'est écroulée depuis, et malgré la constante haine contre Voltaire, que deux ou trois générations de critiques se sont soigneusement léguée, Crébillon n'a pu se soutenir à côté de celui dont on a voulu le faire le rival.

A-peu-près à la même époque parut un homme dont la réputation, acquise à meilleur titre, s'est aussi conservée plus grande. Il avait manqué, à la gloire littéraire du siècle de Louis XIV, un poète lyrique, qui complétât cette réunion d'hommes célèbres, chacun dans un genre distinct. Malherbe n'avait pas eu comme Corneille, l'avantage de trouver un successeur. La carrière lyrique offrait même d'assez grandes difficultés pour qu'on n'espérât pas d'y obtenir un succès complet. Sans parler des obstacles que peut présenter la langue, sous le rapport de la syntaxe et de l'harmonie, il faut observer que la poésie joue, parmi nous, un tout autre rôle que chez les anciens. Elle faisait une partie essentielle de leurs mœurs et presque de leur langage ; elle exprimait des sentimens habituels ; elle

s'occupait d'usages journaliers : elle repré-
sentait les faits, tels qu'on les croyait ; les
lieux, tels qu'on les avait sous les yeux ;
elle adorait les Dieux que célébrait le culte
pubic ; en un mot, elle était pleine de
réalité, et n'était point un langage de convention. Pour nous la poésie, et nous di-
rions même presque toute la littérature,
n'est pas sortie de notre propre fonds. Si
elle n'avait pas reçu d'importations étrangères et antiques, si elle était restée la fille
de nos vieux fabliaux, de nos romans de
chevalerie, de nos anciens mystères, de
nos gothiques superstitions, elle eût peut-
être végété long-temps dans l'enfance ;
mais elle eût gardé un caractère national
et vrai, une liaison intime avec nos mœurs,
notre religion, nos annales, qui lui aurait
donné un effet immédiat et plus complet.
Il n'en a pas été ainsi. Vers le seizième
siècle, nos écrivains, au lieu de perfec-

tionner les lettres gauloises, se portèrent
pour héritiers de la Grèce et de Rome.
Ils adoptèrent des Dieux qui n'étaient point
les nôtres, des mœurs qui nous étaient
étrangères, et répudièrent tous les souvenirs français, pour se transporter dans les
souvenirs de l'antiquité. On commença à
copier ou à travestir les modèles antiques,
et à repousser les impressions et les in-
spirations de la vie habituelle. Les vers,
jadis charme des palais et des vieux châ-
teaux, les vers que nos rois et nos chevaliers, gens sans lettres et sans études, tra-
çaient de la pointe de leur épée, pour
exprimer, sans art et sans difficulté, leurs
amours et leurs chagrins, devinrent le pa-
trimoine exclusif des doctes qui connaissaient bien Horace et Pindare, mais qui
oubliaient la nature.

Cette imitation des anciens eut d'abord
un caractère pédantesque et entièrement

hors de la vérité ; peu à peu il se forma une sorte de mélange. Les circonstances réelles modifièrent les emprunts qu'on faisait à la littérature ancienne, et il résulta de cette double action une direction moyenne dans laquelle on a toujours marché depuis. Mais malgré la longue habitude, malgré que l'éducation nous ait presque identifiés avec ce système, la poésie a toujours conservé quelque chose d'apprêté et d'éloigné de nos mœurs. C'est toujours par une sorte de convention tacite que nous nous transportons dans son domaine. C'est ce qui nous laisse si loin des anciens, et sur-tout des Grecs, qui sont toujours dans la réalité, qui peignent ce qu'ils sentent, décrivent ce qu'ils voient, qui ne se croient pas dans l'obligation d'exagérer leurs impressions et d'enfler leur langage.

C'est spécialement dans la poésie lyrique que ce vice peut se faire sentir. Là,

le poète est entièrement livré à lui-même.
Il faut qu'il nous dise ses propres sensations, ses sentimens, les peintures que
s'est tracées son imagination. Nous avons
bien voulu nous prêter à entendre Achille
et Agamemnon parler un langage qui n'est
pas le nôtre ; mais l'homme de nos jours
qui se transportera à Rome ou dans la
Grèce pour décrire ce qu'il éprouve, arrivera difficilement à nous toucher. Son enthousiasme court grand risque d'être factice,
et de ne pas nous émouvoir. Voilà pourquoi les belles odes de Rousseau, et en général les morceaux les plus distingués de
notre poésie lyrique, sont des poésies sacrées qui ont pris leur source dans notre
religion, ou bien encore des odes destinées
à raconter des impressions personnelles de
douleur, d'amour, de volupté ; toutes ces
odes allégoriques où les Dieux du paganisme arrivent pour célébrer des événemens

contemporains, ou pour se mêler aux circonstances de notre vie, peuvent bien être des déclamations ingénieuses; mais ce n'est pas la vraie poésie, celle qui va à l'âme.

Rousseau a apporté dans presque toutes ses odes une grande verve et une sorte d'harmonie pompeuse, que seul il a su donner à notre langue. Mais il est quelquefois guindé et son enthousiasme ne part pas toujours du fond du cœur; défaut qu'il est peut-être impossible d'éviter complètement dans la poésie lyrique française.

Rousseau, bien qu'il ait paraphrasé les psaumes, bien que des hommes, qui se sont donnés pour religieux, l'aient pris pour un de leurs patrons, porte le caractère d'un écrivain déjà éloigné de l'école sévère du siècle de Louis XIV. En effet que doit-on penser d'un homme qui exerce à-la-fois son talent dans des poésies sacrées et dans des épigrammes obscènes? Offrir une pa-

reille contradiction, n'est-ce pas nous faire
voir qu'on n'avait plus à craindre, comme
auparavant, le blâme des hommes graves
dont l'opinion était autrefois respectée ?

Chaulieu, qui a chanté la volupté, mais
qui n'a pas, comme Rousseau, prostitué
la poésie dans la sale débauche, contribuera mieux encore à montrer l'inflence
que les mœurs avaient déjà exercée sur les
lettres. Cette société du Temple, dont il
a chanté les plaisirs avec tant de grâce et
d'abandon, était l'héritière de la société
des Tournelles. La gaieté des amis de Ni-
non avait passé, en prenant un caractère
plus licencieux, chez les courtisans du
grand-prieur de Vendôme. On sait assez
quelles habitudes ce prince et son frère
apportaient dans les camps, quelles opinions ils y professaient, sans être retenus
par le respect de leur rang. On peut conclure de là combien plus ils devaient mé-

priser toute bienséance lorsqu'ils se re-
trouvaient dans leur voluptueuse retraite,
au milieu de leurs familiers. Peu de choses
devaient être respectées dans une telle
société ; et le poète a dû, pour plaire au
prince qui l'admettait à son amitié, parler
avec complaisance des plaisirs, avec légèreté de tout ce qui peut leur donner un
frein.

C'est ici le lieu de nommer un homme
qui paraît unir ensemble les deux époques.
Fontenelle naquit assez tôt pour que les
belles années du règne fameux brillassent
sous ses yeux, et vécut assez long-temps
pour voir les plus beaux titres de gloire
du dix-huitième siècle. Neveu de Corneille,
il s'essaya d'abord sur la scène tragique.
Il en fut repoussé par des revers, et sa
chute lui attira des épigrammes de Racine.
Le zèle pour la gloire de son oncle et le
ressentiment personnel engagèrent Fonte-

nelle dans un parti opposé aux hommes qui régnaient alors souverainement sur les lettres. Il professa des principes de goût différens des leurs. Mais la douceur de son caractère et l'amour du repos, qu'il préféra toujours aux jouissances de la vanité, l'empêchèrent d'embrasser aucune opinion avec chaleur. Dans les querelles sur les anciens et les modernes, il pencha du côté des adversaires de l'antiquité, mais combattit sans passion. Telle fut toujours sa conduite. Il eut le rare bon sens de n'attacher ni assez d'importance, ni assez de certitude à ses idées, pour vouloir les faire adopter aux autres ; aucun parti ne put le recruter. Quand il eut des doutes sur la religion, il sut les renfermer dans cette juste mesure de réserve et de critique qui distingue l'Histoire des Oracles. Les habitudes de sa jeunesse l'avaient imbu des systèmes de la physique cartésienne ; il lui conserva son affection, mais sans vouloir la défendre, ni attaquer la nouvelle école de savans, avec laquelle il vécut en paix. La tiédeur de son ame se fait sentir dans son talent, remarquable surtout par la finesse ingénieuse et par l'impartialité. Il n'eut ni verve ni imagination comme poète, et point d'invention comme savant. Il apporta un peu de sécheresse et d'affectation dans les lettres, et donna quelquefois aux sciences un coloris trop frivole.

Tel que nous venons de le dépeindre, on voit qu'il eut trop de réflexion et de jugement pour se laisser entièrement entraîner au courant de son siècle, et trop de prudence pour s'y opposer. Il réunit toujours à la réserve et à la gravité qu'il avait acquises dans les premiers temps de sa vie, la tolérance un peu indifférente que professaient ses derniers contemporains.

Parmi les écrivains qui illustrèrent le

commencement de son siècle, on ne doit pas oublier de placer Lamothe, dont les opinions, la conduite et le caractère ont quelque rapport de ressemblance avec Fontenelle. Poète froid et faux dans la haute poésie lyrique, quelquefois gracieux dans l'ode anacréontique, fabuliste sans naïveté, mais parfois ingénieux, il fut plus heureux dans la carrière dramatique. Après avoir choisi un sujet heureux il le disposa avec tant d'art, il sut amener des situations tellement touchantes, qu'il cacha l'impuissance où il était de les développer avec sentiment et profondeur. Lamothe se fit, dans son temps, plus remarquer encore comme critique que comme auteur, et l'on doit rappeler l'espèce de mérite qu'il montra dans la discussion sur les anciens et les modernes. La cause que Perrault avait soutenue sans savoir et sans esprit, contre Racine et Boileau, fut embrassée par Lamothe. Dans cette querelle, il parut d'autant plus subtil qu'il était moins érudit. Il se révolta contre l'admiration des beautés qui n'étaient point à son usage; il voulut détrôner la poésie, où il n'avait pas pu atteindre. Mais il apporta, dans cette dispute, de la bonne foi et de la décence, et il sut rendre son opinion aussi probable qu'il était nécessaire pour la soutenir avec quelque honneur. Ainsi les doctrines littéraires commençaient aussi à s'ébranler et à devenir matières de doute.

Tel est le tableau que présentent, à ce qu'il nous semble, la fin du dix-septième siècle et le commencement du dix-huitième. L'autorité avait perdu sa considération et une partie de sa puissance; la religion avait cessé d'être un frein universel; le doute avait commencé à détruire les persuasions; les lumières, l'habitude de réfléchir, s'étaient plus généralement répan-

dues : les jugemens sur toutes choses étaient
conséquemment devenus plus faciles à porter ; mais ils avaient dû perdre aussi la
gravité et la retenue ; chaque homme avait
appris à attacher plus d'importance à sa
personne, à son opinion, et à se moins
soucier des idées reçues. Quelques écrivains que nous avons nommés, illustrent
cette époque. Les uns avaient gardé, dans
leur talent et dans leur conduite, quelque
chose du caractère des précédentes années ; d'autres s'étaient entièrement livrés
à l'influence de la mode. Mais la littérature n'avait pas encore pris une direction
bien déterminée ; il ne s'était point encore
trouvé d'hommes assez forts pour imprimer un mouvement décisif. D'ailleurs,
quand les mœurs et l'esprit d'une nation
sont encore dans un état de crise et de
changement, les écrivains ne peuvent pas
offrir un ensemble d'opinions, de principes

et de but. Les hommes qui brillaient au commencement du siècle avaient d'abord vécu dans un autre temps; il fallait, pour connaître les fruits de cette époque, voir paraître ses véritables enfans, ceux à qui elle avait donné la naissance et l'éducation.

Cependant, au milieu des palmes des écoles et des succès précoces de la jeunesse, croissait un homme destiné à recueillir la plus grande part de la gloire de ce siècle, à en porter toute l'empreinte, à en être, pour ainsi dire, le représentant, au point qu'il s'en est peu fallu qu'il ne lui ait imposé son nom. Sans doute, la nature avait doué Voltaire des plus étonnantes facultés; sans doute, une telle puissance d'esprit n'a pas été entièrement le résultat de l'éducation et des circonstances; cependant, ne serait-t-il pas possible de montrer que l'emploi de ce talent fut constamment

dirigé par les opinions du temps, et que le
besoin de réussir et de plaire, premier mo-
bile de presque tous les écrivains, a guidé
Voltaire dans tous les momens de sa vie.
Mais aussi personne ne fut plus que lui susceptible de céder à de telles impressions ;
son génie présente, à ce qu'il nous semble,
ce singulier phénomène d'un homme le
plus souvent dépourvu de cette faculté de
l'esprit qu'on nomme réflexion, et en même
temps doué, au plus haut degré, de la faculté de sentir et d'exprimer avec une
merveilleuse vivacité. Telle est sans doute
la cause de ses succès et de ses erreurs.
Cette manière d'envisager tout sous un
seul point de vue, et de céder à la sensation actuelle que produit un objet, sans
songer à celles qu'il peut donner dans
d'autres circonstances, a multiplié les contradictions de Voltaire, l'a écarté souvent
de la justice et de la raison, a nui au plan

de ses ouvrages, à leur parfait ensemble.
Mais un abandon entier à son impression,
une continuelle impétuosité de sentiment,
une irritabilité si délicate et si vive, ont
produit ce pathétique, cet entraînement
irrésistible, cette verve d'éloquence ou de
plaisanterie, cette grace continuelle qui dé-
coule d'une facilité sans bornes. Et quand la
raison et la vérité viennent à être revêtues
de ces brillans dehors, elles acquièrent alors
le charme le plus séduisant; il semble qu'elles naissent sans effort, toutes brillantes
d'une lumière directe et naturelle : et leur
interprète laisse loin derrière lui tous ceux
qui les recherchent péniblement par le
jugement, la comparaison et l'expérience.

Si les premiers succès de Voltaire eussent été moins éclatans, s'ils ne l'avaient
pas revêtu tout-à-coup d'une gloire qui le
fit rechercher par les hommes que distin-
guaient le rang et la richesse, il eût sans

doute conservé plus de modestie et de réserve. Le caractère de ses premiers écrits
fait voir qu'il n'apportait pas dans le monde
un génie très-indépendant. On aperçoit
bien, dans quelques-uns, cette légèreté
de principes, cette frivolité appliquée à
tout, que ses contemporains avaient à un
si haut point; cependant on doit y remarquer quelque chose de soumis, et même
de courtisan pour toutes les espèces d'autorités. Mais quand le jeune auteur, enivré
des applaudissemens du théâtre, et plus
encore de la flatteuse familiarité de quelques grands seigneurs, vit qu'il s'était imposé des bornes inutiles, et que plus il se
jouerait de tout, plus il parviendrait à
plaire à ceux dont il se flattait d'être l'ami,
alors il perdit peu-à-peu la réserve qu'il
avait d'abord gardée; et s'enhardit à parler de toutes choses avec irrévérence. Telle
est l'espèce de progression que présentent

surtout ses poésies fugitives, chefs-d'œuvre de grace et de badinage, qui offrent
sans cesse le contraste séduisant et dangereux de choses graves, traitées avec un ton
de frivolité, et en même temps avec une
apparence de justesse et de raison

Cependant les succès de Voltaire allaient toujours s'accumulant, son importance croissait sans cesse, et tout l'encou-
rageait à répandre dans ses écrits cet esprit
qui réussissait si bien auprès du public,
qui l'applaudissait. A diverses fois, l'autorité voulut arrêter cette impulsion, qui
chaque jour prenait plus de force. On
voyait que, dans ses ouvrages, tout commençait à tendre au même but, ou, pour
parler plus exactement, à marcher dans le
même sens. Il fut emprisonné, exilé, me-
nacé; mais ces espèces de persécutions ne
pouvaient avoir d'effet. Celui qui viole les
mœurs publiques, qui attaque ce que tout

6

le monde respecte, peut bien être puni
avec l'approbation universelle; mais celui
qui énonce des opinions généralement répandues, ou du moins vers lesquelles chacun commence à pencher, celui-là trouve
de toutes parts des appuis qui le défen-
dent. Ceux qui ont la puissance entre les
mains, pensent souvent comme lui, tout
en voulant le punir, et toujours quelques-
uns d'entre eux le protégent. C'est ainsi
qu'on voit Voltaire seulement exaspéré par
des exils, par la condamnation de ses livres,
et devenant successivement, non pas seulement une puissance, mais une puissance
qu'on avait rendue hostile, en même temps
qu'on avait augmenté son influence. Ses
voyages hors de France, l'accueil qu'il reçut des étrangers lui donnèrent de l'hu-
meur contre sa patrie; il fut le premier
qui professa, dans ses écrits, l'admiration
pour l'Angleterre. Convenons qu'il était

difficile, en effet, que le spectacle d'une
nation où le gouvernement était à la fois
libre et stable, où régnaient ensemble l'a-
mour de la patrie et l'esprit de liberté,
sans nuire à la morale ni à la tranquillité
publiques, ne fût pas un sujet de regret
pour un Français, qui voyait dans son pays
un peuple frondeur, sans esprit public, et
un gouvernement sans considération, pré-
tendant à tous les droits du despotisme
sans pouvoir réprimer la licence. Pour
Voltaire et quelques-uns de ceux qui l'ont
suivi, louer l'Angleterre n'était que plaindre ou blâmer la France. Ils connaissaient
mal et n'avaient vu que superficiellement
la nation anglaise; ils ignoraient les causes
d'où résultait son bonheur. Le plus souvent, ils y admiraient ce qui méritait peu
d'être envié. La vanter était un cadre pour
faire la satire des Français. Il fallait une
triste expérience pour montrer que de tels

avantages ne peuvent pas se conquérir par l'imitation, et que la prospérité des peuples ne peut naître que de leur propre sol. Ce n'est pas une marchandise qu'on puisse importer de l'étranger. Au reste, l'admiration pour l'Angleterre, avant de se montrer dans les livres de Voltaire, avait déja été professée hautement par le Régent et ses amis. Dans les maîtres du pouvoir, elle avait plus d'inconvénient que sous la plume d'un auteur.

Plus Voltaire avançait dans la carrière, plus il s'y voyait entouré de renommée et d'hommages. Bientôt les souverains devinrent ses amis, et presque ses flatteurs. La haine et l'envie, en se révoltant contre ses triomphes, excitèrent en lui des sentimens de colère. Cette opposition continuelle donna plus de vivacité encore à son caractère, et lui fit perdre souvent la modération, la pudeur et le goût. Telle fut sa vie;

telle fut la marche qui le conduisit à cette longue vieillesse qu'il aurait pu rendre si honorable ; lorsqu'entouré d'une gloire immense, il régnait despotiquement sur les lettres, qui elles-mêmes avaient pris le premier rang entre tous les objets où se portent la curiosité et l'attention des hommes. Il est triste que Voltaire n'ait pas senti combien il pouvait ennoblir et illustrer une pareille position, en profitant des avantages qu'elle lui offrait, et en suivant la conduite qu'elle semblait lui prescrire. On s'afflige que, se laissant entraîner au torrent d'un siècle dégradé, il se soit plongé dans un cynisme qui peut encore s'excuser dans la licence de la jeunesse, mais qui forme un contraste révoltant avec des cheveux blancs, symbole de sagesse et de pureté. Quel spectacle plus triste qu'un vieillard insultant la Divinité, au moment où elle va le rappeler, et re-

6.

poussant le respect de la jeunesse, en partageant ses égaremens !

Au lieu de ce tableau, l'imagination aime à s'en tracer un autre, et à se représenter Voltaire tel qu'il aurait dû être. Qu'on se figure un vieillard dont l'esprit avait embrassé tant de choses, et presque toujours avec succès ; jouissant tranquillement de toute sa renommée ; revenu des idées imprudentes de sa jeunesse ; rappelant une nouvelle génération au bon goût et au sentiment de l'ordre et des convenances, dont il avait vu les derniers restes ; maître d'une grande fortune acquise sans cupidité, et consacrée par des bienfaits ; environné des hommages de l'Europe, dont l'élite venait visiter sa retraite : voilà le rôle que Voltaire aurait pu jouer. Il lui était tellement indiqué par sa situation, que souvent on s'imagine qu'il s'y est conformé.

Souvent, au milieu de la scandaleuse ivresse où semblaient le plonger la vanité et le désir d'influer sur son siècle, il eut des retours de raison. Il voulut résister, en quelques choses, à l'impulsion qu'il avait partagée et rendue plus active. Dans ses derniers ouvrages, à travers cette variation continuelle d'opinions et de systèmes, de ces assertions toujours absolues et qui se contredisent sans cesse, on retrouve parfois des réflexions profondément sensées, une juste appréciation du misérable esprit qui régnait autour de lui. C'est alors qu'on regrette qu'il ait eu cette mobilité continuelle, ce défaut de réflexion, et surtout cet amour immense des louanges et de la mode. Lui seul, armé de toutes les puissances de son esprit, pouvait retarder un peu le cours des opinions menaçantes qui s'accumulaient de tout côté, et qui, combattues avec faiblesse ou mau-

vaise foi, acquéraient encore plus de force
par cette résistance impuissante.

Après avoir examiné la conduite et le
caractère général de Voltaire, il convient
de parler plus particulièrement de ses ouvrages. Leur mérite a été cent fois agité
et remis en problème. Presque toujours
accueillis avec enthousiasme par le public,
ils ont rencontré en même temps des dé-
tracteurs obstinés, et l'esprit de parti a
sans cesse présidé au jugement qui en était
porté. Un demi-siècle s'est écoulé, et la
réputation de Voltaire est encore, comme
le cadavre de Patrocle, disputée entre deux
partis animés l'un contre l'autre. Un tel
combat suffirait pour perpétuer la gloire
de ce nom. Des hommes se sont illustrés
pour l'avoir défendu; d'autres n'ont eu de
célébrité que pour s'être attachés sans relâche à l'attaquer. Dans ce conflit si lon-
guement prolongé, la renommée de Vol-

taire n'a pas sans doute conservé tout
l'éclat dont elle a brillé. Ce n'est plus cet
enthousiasme national, cette admiration
égale à celle qu'inspirent les héros et les
bienfaiteurs de l'humanité ; ce n'est plus
ce triomphe qui lui fut décerné à son dernier jour, comme il descendait dans la
tombe. Un jugement, plus froid et plus
mesuré, a affaibli ces vives manifestations.
Mais il y a quelque chose d'absurde et de
ridicule dans les efforts de ceux qui travaillent à ternir entièrement la gloire de
Voltaire. Un assez long espace de temps
s'est écoulé, pour qu'on puisse regarder
le jugement de la postérité comme pro-
noncé.

C'est d'abord comme poète tragique que
Voltaire se présente à nos yeux, accoutu-
més à placer les compositions dramatiques
au premier rang de la littérature. Dans
les premiers ouvrages de sa jeunesse, il

montra, comme dans sa conduite, de l'obéissance aux idées reçues et aux exemples donnés précédemment. Dans *OEdipe*, on voit un jeune auteur pénétré des beautés de Racine et de Corneille, et soumettant son génie à les suivre. Dans *Mariamne*, le soin extrême à imiter la poésie de Racine, est encore plus marqué. Ce qui doit étonner, c'est de voir ces imitations pleines de mouvement et de vérité, et offrant toutefois une exacte similitude. Ce travail ne fut pas récompensé par le succès. Après *OEdipe*, où il avait été soutenu par Sophocle, Voltaire ne put obtenir de triomphe complet. Rien ne l'encouragea à suivre les vestiges de ses prédécesseurs. L'impatience de son génie, dont la nature était de marcher sans que rien l'arrêtât, finit par l'engager à se livrer entièrement à lui-même, et à s'abandonner au libre cours des pensées dont il était plein. Alors parut

Zaïre, avec ses défauts tant reprochés, et ses beautés qui les font oublier. C'est là que Voltaire a imprimé le caractère de son talent tragique. Ce n'est point la perfection des vers de Racine, et leur mélodieuse douceur; ce n'est pas ce soin, ce scrupule dans la contexture de l'intrigue, ces gradations infinies du sentiment; ce n'est pas non plus la haute imagination et la simplicité de Corneille. Et pourtant il est en Voltaire quelque chose qui ne se trouve pas dans les autres, et qu'on y pourrait regretter. Il a une certaine chaleur rapide de la passion, un abandon entier, une verve de sentiment qui entraîne et qui émeut, une grâce qui charme et qui subjugue. On voit que des vers, tels que les siens, ont dû être produits par l'homme de l'imagination la plus ardente; si quelque chose peut donner l'idée d'un auteur en proie à tout l'enivrement de la passion et

de la poésie, c'est un ouvrage tel que *Zaïre*.
Il est impossible, même en l'examinant
avec réflexion, de ne pas être frappé de
ce caractère de force, de facilité et de
grâce, qui distingue la muse tragique de
Voltaire.

D'autres chefs-d'œuvre succédèrent à
Zaïre, tous avec le même genre de beautés
et de défauts. On doit remarquer cependant que Voltaire, étant devenu plus qu'un
poète, voulut donner à ses tragédies un but
plus élevé que de plaire et d'émouvoir. Il
acquit la prétention d'instruire son siècle
par l'influence de ses ouvrages dramatiques, et de les faire marcher dans le même
sens que tous ses autres ouvrages. Rien ne
nuit tant à l'imagination que de lui donner
un but, de la soumettre à un système.
Elle en contracte de la froideur et de l'affectation. Aussi ce fut la source d'un défaut que les critiques remarquent, non sans

raison. Voltaire dut à cette erreur le ton déclamatoire et emphatique, qui vient parfois refroidir les plus vives situations, détruire la vérité du caractère, effacer les couleurs locales. De là ces maximes générales qu'on avait bien voulu ne pas reprocher à Corneille, aussi coupable à cet égard que Voltaire. Au reste il a laissé un monument plus complet et plus inattaquable de son talent tragique : *Mérope* peut se présenter à la critique sans la craindre ; et si les détails ont moins de charme que ceux de *Zaïre*, l'ensemble ne mérite pas les mêmes reproches.

C'est comme poète épique que Voltaire a le plus déchu de sa renommée. En vain il s'était flatté de donner une épopée à la France. Ce n'est pas dans le temps où il vivait, ce n'est pas avec son caractère qu'on produit un tel ouvrage. Il faut, pour la poésie épique, la vive et libre imagination des premiers âges; il faut que les lumières n'aient point encore affaibli la force des croyances, l'exaltation des sentiments, la variété et la vigueur des caractères; l'épopée ne peut être chantée qu'à des peuples simples, et pour ainsi dire enfants, sensibles aux charmes des longs récits, amoureux des merveilles, ignorants des explications et des critiques. C'est alors que le poème épique peut être empreint de couleurs primitives, et revêtu de formes grandioses. Ce sont de telles circonstances qui produisent Homère et le Tasse. Avec un caractère grave et mélancolique, des sentiments vrais et purs, le souvenir de l'infortune nourri dans une vie solitaire, on a pu rendre l'épopée aussi touchante que d'autres l'avaient rendue grande, et racheter l'admiration par l'intérêt. Mais si Virgile avait fui l'influence de la cour d'Auguste, Voltaire fut, au contraire, loin d'é-

viter l'influence de la cour du Régent. Il
fit un poème épique avec le même degré
d'inspiration qui l'aurait porté à composer
une longue épître en vers ; il crut que l'é-
popée consistait dans de certaines formes
convenues, dans un merveilleux-prescrit ;
il remplit ces formalités, et pensa avoir
accompli ce grand ouvrage. Il ne vit pas
que ce n'est point un songe, un récit, des
divinités qui constituent le poème épique,
mais bien une imagination élevée, solennelle, et surtout simple et vraie, quelque
forme qu'elle prenne. L'Iliade ne ressemble
en rien à l'Odyssée par la disposition des
parties; ces poèmes n'ont de commun que
le caractère épique. Cependant on ne peut
nier que la Henriade n'offre de grandes
beautés; la poésie n'en est pas épique,
mais elle est quelquefois élevée et pathétique.

On ne conteste guère l'attrait des poésies

fugitives de Voltaire. Un de leurs principaux mérites, qui augmente sur-tout leur
intérêt, c'est qu'elles servent à faire connaître les sentiments et les pensées du
poète. On aime à voir la poésie prêter son
charme à des impressions réelles. Pour tant
d'autres, elle n'est qu'un vain arrangement
de mots! On suit ainsi le cours des sentiments de Voltaire, depuis son enfance jusqu'aux derniers jours de sa vie : toujours
il leur donna les vers pour interprètes.
Tantôt sa muse a chanté les amours légères
et voluptueuses de sa jeunesse, les charmes
d'une vie facile et épicurienne, les plaisirs
de l'amitié, les succès de l'amour-propre;
après elle s'est entretenue avec les sciences,
et les a animées de son feu ; plus tard elle
est entrée en commerce avec les rois, et a
prêté à la flatterie le masque de la familiarité; puis elle s'est plu à peindre les dou-
ceurs de la retraite et de la liberté, le dé-

clin de l'âge, la fin des amours; enfin quand
elle a été confidente de la vieillesse, elle
a exprimé cette incertitude continuelle
d'opinions, cette variation de principes,
cette triste légèreté sur tout ce qui importe
le plus à l'homme, et cette inquiétude de
caractère que l'âge n'avait pu calmer. Mais
du moins les poésies de ses derniers temps
sont, le plus souvent, sans déshonneur
pour leur auteur, tandis que tous les pam-
phlets obscurs, les facéties en prose, les
brochures clandestines, que ses amis lui
demandaient, et qu'il leur envoyait avec
tant de complaisance, sont en général in-
dignes d'un honnête homme.

Nous placerons parmi ces écrits un
poème, qu'on s'est plu long-temps à regarder comme un des plus grands titres que
Voltaire ait eus à la gloire; ce qui prouve
qu'il s'était conformé au goût du temps,
en parodiant les temps héroïques de sa pa-

7.

trie et en salissant par un mélange de grossières obscénités les peintures les plus gra-
cieuses de la volupté, et les saillies les plus
vives de l'esprit. Maintenant c'est tout au
plus si une foule de détails agréables ob-
tiennent grace pour un tel ouvrage. Quant
à son ensemble, bien qu'on y puisse remarquer une imagination plus poétique
que dans la Henriade, l'auteur est resté
aussi loin de l'Arioste que d'Homère. La
gaîté, comme le sublime, demande une
sorte de naïveté et de bonne foi. Elle ne
ressemble pas au persiflage et à la raillerie.

Voltaire, historien, a souffert aussi des
attaques portées à sa renommée. De ce
côté, il offrait des endroits faibles ; ce n'é-
tait pas avec cette vivacité d'opinion, et
ce manque d'examen, qu'on pouvait espérer de le voir atteindre à la gravité du caractère de l'historien. Cependant son pre-

mier essai fut heureux et mérite le succès
qu'il a obtenu. Il eut le bonheur de choi-
sir, pour son héros, le plus romanesque
et le plus aventureux des souverains. La
réflexion avait peu de prise sur la vie du
roi de Suède; elle en eût même détruit
l'intérêt. Il fallait de la rapidité dans le récit et des couleurs éclatantes. La connaissance profonde et la juste appréciation des
hommes étaient peu nécessaires, quand il
s'agissait d'un prince qui s'était montré
tout en dehors. Il n'y avait pas de grandes
conceptions à juger, de motifs secrets à
démêler; Charles XII était tout entier dans
les faits. Il n'y avait qu'à peindre, et c'é-
tait un des talents de Voltaire.

Tracer le tableau du règne de Louis XIV,
était une entreprise tout autrement difficile. Malgré tout son éclat, cette histoire
est loin de présenter le même intérêt que
l'histoire du roi de Suède. Elle a moins

d'unité, elle est plus compliquée, elle embrasse plus de personnages, plus de causes, plus d'objets. Les faits n'y sont pas le résultat immédiat des passions et des caractères. Elle est moins dramatique et parle moins à l'imagination. On pourrait dire que plus une nation se civilise, plus ses mœurs et son histoire perdent ces formes saillantes et pittoresques des anciens temps, qui font le charme des récits. Le devoir de l'historien devient aussi plus difficile à remplir. On lui demande de l'impartialité, et on lui reproche de manquer de chaleur et d'intérêt. On exige des détails sur le commerce, les arts, l'esprit du gouvernement, et l'on se plaint de voir les considérations philosophiques étouffer la narration des faits. On prescrit l'érudition, et l'on blâme l'écrivain quand il disserte. Jadis les historiens n'avaient pas toutes ces entraves. Ils écrivaient avec tous

leurs préjugés, ils conservaient leur physionomie individuelle, sans rechercher une
froide impartialité qui se montre plus dans
les formes qu'en réalité ; ils racontaient les
victoires de leur patrie, sans s'inquiéter de
faire connaître l'histoire des vaincus ; ils
n'abdiquaient ni leurs opinions, ni leurs
sentiments. Xénophon, au milieu d'Athènes,
ne cachait point son admiration pour La-
cédémone ; Tacite se livrait à sa vertueuse
haine contre les tyrans. Chacun se donnait
franchement pour ce qu'il était, sauf à être
blâmé ou approuvé ; c'était au lecteur à
juger la force du témoignage de l'historien,
et la confiance qu'il lui devait donner. Dans
les histoires, comme dans tous les genres
de littérature, on n'a de talent qu'en pei-
gnant ses propres impressions. Tant qu'on
ne concevra pas l'histoire moderne d'une
manière analogue à l'histoire des Grecs et
des Romains, il faudra renoncer à exciter

le même intérêt. Les chroniques, les mémoires, les biographies, pourront seuls nous donner des sensations de même nature, et agir sur notre imagination. Du moins on y retrouvera quelque chose de dramatique qui frappera et attachera notre esprit.

C'est Voltaire qui donna les premiers exemples marquants de cette nouvelle méthode d'écrire l'histoire. Il voulut en faire, non plus un tableau, mais une suite de recherches destinées à instruire la mémoire et à occuper la raison. Après lui, les historiens anglais, en imitant cette manière d'écrire, ont surpassé leur modèle en érudition, en philosophie, en impartialité; car la bonne foi et l'impartialité deviennent plus nécessaires dans ce genre d'histoire; et même en admettant qu'il soit le meilleur, Voltaire mériterait encore bien des critiques. Le peu de profondeur de ses ré-

flexions, la connaissance incomplète des caractères, un style qui plaît, mais qui n'appelle
point à penser : tels sont les reproches qui
lui ont été faits ; on pourrait en ajouter de
plus graves. Voltaire, dans le règne de Louis
XIV, n'a vu que l'éclat dont il a brillé
par les victoires, par les lettres , par les
arts. Il n'a point songé à examiner le caractère du gouvernement et de l'administration de ce monarque ; l'influence qu'il
a eue sur le caractère de la nation, et les
suites qui en sont résultées. Il n'a pas remarqué que peut-être aucune époque de
l'histoire de France n'était plus importante
par le changement des mœurs, des relations sociales et de l'ancien esprit de notre
constitution. C'est au coloris brillant de
Voltaire que nous devons cette admiration
sans réserve pour le règne de Louis XIV.
Il nous a fait oublier qu'un roi a d'autres
devoirs que d'acquérir de la renommée

pour son empire. Il nous a fait oublier que la France avait une gloire plus antique et plus solennelle que celle de ce siècle d'élégance. Plus que tout autre, il a voulu représenter les temps qui avaient précédé cette époque, comme obscurcis par la barbarie. Pour lui, pour sa génération, et pour celles qui l'ont suivie, notre nation ne méritait quelque intérêt qu'à dater du dix-septième siècle. Qu'importait à ses yeux la beauté de nos anciennes mœurs, le caractère noble et paternel de quelques-uns de nos rois; les droits de la nation reconnus, et défendus quand ils n'étaient pas respectés; la franchise dans les discours et la force dans les caractères? tout cela attirait son attention moins que la langue rendue correcte et la poésie devenue régulière. Ces avantages si précieux dans l'esprit d'un littérateur l'empêchaient de remarquer que l'autorité royale venait de renverser tout l'ancien ordre de choses, d'abolir toutes les traditions, et de jeter une funeste incertitude sur les principes de notre droit public.

Ce n'était pas ainsi qu'on jugeait Louis XIV dans les années qui suivirent sa mort; on avait été éclairé sur ses torts par les désastres qui en provinrent. L'on en gardait un ressentiment profond et même exagéré. Voltaire fut un des premiers qui contribua à affaiblir les préventions, en partie injustes, qu'on avait conçues contre ce monarque. La mémoire d'un roi plus grand et plus chéri lui a plus d'obligations encore, et l'amour patriotique des Français pour Henri IV fut renouvelé par les louanges que lui a prodiguées Voltaire. Aucun ouvrage du règne de Louis XIV n'offre l'admiration, ni même le souvenir du bon roi; peut-être eût-il été déplacé de le vanter alors.

La plupart des reproches qui ont été faits à l'histoire du Siècle de Louis XIV, peuvent s'appliquer aussi à l'Essai sur les Mœurs des Nations. Mais cet ouvrage mérite en outre un blâme plus grave; on y retrouve toutes les traces de cet esprit de secte, adopté par Voltaire dans les derniers temps de sa vie. Sa haine de la religion le jette fréquemment dans la mauvaise foi et le mauvais goût. Cependant ce livre est commode et instructif, le style en est agréable et naturel, les faits bien disposés, les détails donnés dans une juste mesure, les réflexions quelquefois légères, mais souvent sensées; le tableau de quelques époques, les portraits de plusieurs grands hommes sont tracés avec une force et une vivacité remarquables : peu d'histoires modernes sont plus utiles et plus faciles à lire.

Il nous reste à parler de l'esprit qu'il

apporta dans la philosophie, c'est-à-dire, dans les opinions relatives à la religion, à la morale et à la politique. On lui a attribué un projet formel de renverser ces trois bases de l'honneur et de la félicité des peuples. Mais qui voudrait trouver dans Voltaire un système de philosophie, des principes liés, un centre d'opinions, serait fort embarrassé. Rien n'est moins conforme à l'idée grave qu'on se fait d'un philosophe, que le genre d'esprit et de talent de Voltaire. Qu'il ait eu le projet de plaire à son siècle, d'exercer sur lui de l'influence, de se venger de ses ennemis, de former un parti qui pût le louer et le défendre, nous le croyons sans peine. Il vécut dans un temps où les mœurs étaient perdues, du moins dans les classes supérieures de la société; et il ne respecta pas la morale. L'envie et la haine employèrent contre lui les armes de la religion, lorsqu'elle n'était

plus respectée même par ses propres défenseurs : il ne la considéra que comme un
moyen de persécution. Son pays avait un
gouvernement sans force, sans considération, et qui ne faisait rien pour les obtenir :
il eut un esprit d'indépendance et d'opposition. Voilà quelle fut la vraie source de
ses opinions. Nous concevons comment il
les a eues, sans pour cela les excuser. Il les
énonça continuellement, sans songer aux
résultats funestes qu'elles pourraient avoir.
Toutefois, il fut loin de montrer dans ses
erreurs cette certitude invariable, et cet
orgueil outrecuidant de quelques-uns des
écrivains de la même époque.

Lui-même, dans un de ses romans, nous
a donné une juste idée de sa philosophie.
Babouc, chargé d'examiner les mœurs et
les institutions de Persépolis, reconnaît
tous les vices avec sagacité, se moque de
tous les ridicules, attaque tout avec une

liberté frondeuse. Mais lorsque ensuite il songe que de son jugement définitif peut résulter la ruine de Persépolis, il trouve dans chaque chose des avantages qu'il n'avait pas d'abord aperçus, et se refuse à la destruction de la ville. Tel fut Voltaire. Il voulait qu'il lui fût permis de juger légèrement et de railler toutes choses ; mais un renversement était loin de sa pensée : il avait un sens assez droit, un dégoût trop grand du vulgaire et de la populace, pour former un pareil vœu. Malheureusement, quand une nation en est arrivée à philosopher comme Babouc, elle ne sait pas, comme lui, s'arrêter et balancer son jugement ; ce n'est que par une déplorable expérience qu'elle s'aperçoit, mais trop tard, qu'il n'aurait pas fallu détruire Persépolis.

Montesquieu, le plus illustre des contemporains de Voltaire, et qui marcha son égal parmi ceux qui ont contribué à

la gloire du siècle ; Montesquieu, malgré
la gravité de son caractère et la régularité
de sa vie, nous offrira de même des traces
remarquables du temps où il a vécu.

C'est sur-tout dans les Lettres Persanes, ouvrage de sa jeunesse, que peut
se voir cette témérité d'examen, ce penchant au paradoxe, ces jugements sur les
mœurs, les lois, les institutions, ce li-
bertinage d'opinion, si l'on peut ainsi
parler, qui attestent à-la-fois la vivacité, la puissance et l'imprudence de
l'esprit. La religion n'y est pas ménagée
davantage. Sous le voile transparent de
plaisanteries lancées contre la religion mu-
sulmane, et même par des attaques plus
directes, Montesquieu cherche à dévouer
au ridicule la marche des raisonnements
théologiques en général, et la croyance
de toute espèce de dogme. On peut même
dire que la raillerie de Montesquieu a

plus d'amertume que celle de Voltaire, et pourrait produire plus d'effet ; car elle dirige bien plus ses attaques contre le fond des choses. Mais quand on apporte une sage réflexion dans la lecture de cet ouvrage ; quand on sait ne pas attacher aux opinions légères qu'il renferme, plus d'importance que n'en attachait l'auteur lui-même, on peut, tout en le désapprouvant quelquefois, y prendre un vif intérêt. On y remarque, à travers tant de jugements hasardés, les traces d'une raison noble et élevée, l'amour constant du juste et de l'honnête ; et l'on se persuade que celui qui sut écrire cette fable des Troglodytes, digne de la philosophie simple et éloquente de l'antiquité, était loin d'avoir aucun sentiment ni aucun but coupables.

Après cet ouvrage, tout contribua à modifier le caractère de Montesquieu , et

à rendre ses opinions plus complètes et
plus sérieuses. Il n'était pas un simple
écrivain ; sa vie entière ne devait pas
être consacrée aux succès littéraires : il
avait un état plein de gravité ; il fallait qu'il respectât les exemples que lui
avaient donnés ses pères ; il fallait qu'il
méritât l'estime d'une classe d'hommes
dans laquelle il était placé, et chez qui
les lumières ne faisaient qu'accroître les
vertus. Le président de Montesquieu n'a-
vait point cette indépendance que recherchent tant les hommes de lettres, et
qui nuit peut-être à leur talent et à leur
caractère. Il était retenu dans des liens
de famille et de corporation, qui lui imposaient des devoirs. Il ne vivait pas loin
des affaires et n'habitait pas ce monde
théorique où les écrivains ne trouvent rien
de positif qui puisse les ramener à la raison
et au vrai, quand ils viennent à s'en écarter.

Montesquieu s'éloigna de Paris et alla passer la plus grande part de son temps loin d'une société dont l'influence empêchait de se livrer à l'étude et à la méditation, et qui enseignait à substituer l'exagération à la force d'un esprit profondément convaincu. Il s'écarta de cette carrière de succès journaliers, de cette vie d'amour-propre, qui fait attacher tant d'importance aux flatteries et aux critiques, et qui donne à la culture des lettres, à cette noble et pure occupation de l'ame, l'esprit étroit d'une profession occupée sans cesse de la prospérité de son commerce.

Il se consacra tout entier à étudier, en philosophe, les lois qu'il connaissait déjà comme magistrat. Il voulut rechercher comment les lois positives dépendent des mœurs des peuples, de la forme du gouvernement, des circonstances physiques du pays, des événements historiques, enfin de tout ce qui forme l'ensemble de chaque nation : ce fut le travail de sa vie. C'est ainsi qu'il a élévé le monument qui peut-être honorera le plus et son siècle et son pays. Ce n'est pas cette haute éloquence de Bossuet planant au-dessus des empires, jetant un regard d'aigle sur leurs révolutions et sur leurs débris, se plaçant comme spectateur au-dessus de la nature humaine pour chercher les voies de la Providence. Il n'y a rien là qui soit directement applicable au bien des hommes et à la police des sociétés. On y apprend à dédaigner, par une sublime exaltation, les plus vastes événements de ce monde, pour ne songer qu'à un autre avenir. Mais un autre genre d'honneur est dû à celui qui offre des leçons praticables, et qui trouve le point précis où les principes des choses se rattachent, à la fois, aux détails positifs de la poli-

tique, et à la connaissance générale et
élevée des hommes, de leurs vertus, de
leurs vices, de leurs diverses tendances.
C'est là le caractère du livre de Montesquieu. On se plaît à voir une ame supérieure, animant par la grandeur de
ses vues la méditation des règles tex-
tuelles qui nous gouvernent. On éprouve
tout le charme de cette chaleur, qui
règne dans la région idéale de la philosophie ; en même temps, un esprit applicable se montre toujours, à travers l'éclat
des idées générales, ou des peintures élo-
quentes.

Aucun livre ne présente plus de conseils utiles pour le gouvernement et l'administration des nations européennes et
sur-tout de la France. Montesquieu ne
s'est pas perdu dans de vaines théories :
il s'est pénétré de la connaissance de
l'histoire ; il a démêlé le caractère de

ses concitoyens dans ses rapports avec leur constitution ; il a voyagé pour comparer les divers gouvernemens modernes, et rechercher les traces de leur commune origine. Qu'il ait attribué trop de pouvoir aux climats et au sol ; qu'il n'ait pas assez expressément dit que le principe assigné par lui à chaque forme de constitution doit exister, mais ne se trouve jamais dans sa perfection, de sorte que le type de ces trois formes ne se saurait rencontrer sans mélange ; qu'il ait négligé des restrictions, qu'on supplée aisément en réfléchissant avec bonne foi ; qu'il se soit complu quelquefois dans un langage brillant, et qui semble peu digne de lui et de son sujet : ce sont là des reproches sans importance. Mais cette passion pour la justice, cette haine éclairée du despotisme, qui ne se répand point en vagues déclamations, qui démêle avec sagacité

tout ce qui peut y entraîner les peuples,
qui en démontre toutes les infamies et
toutes les absurdités, tantôt avec la raison
qui juge, tantôt avec le sentiment qui
s'indigne : voilà ce qui anime d'un bout
à l'autre l'Esprit des Lois, et ce qui lui
assure à jamais l'amour et l'admiration
des gens de bien.

L'on doit ajouter que tous ces nobles
sentiments sont accompagnés d'une continuelle modération; et que, dans un moment où l'on commençait à ne plus
connaître de mesure, Montesquieu ne
provoque à la révolte contre aucune autorité. Il a enseigné le respect des lois et
de la justice plus spécialement encore que
l'amour de la liberté. Il savait bien qu'il
est glorieux d'en jouir quand on la pos-
sède, mais qu'on ne peut jamais être assuré
de la conquérir; il savait bien qu'un gouvernement établi, par cela même qu'il

9

subsiste depuis long-temps , est toujours
dans une sorte d'harmonie avec les mœurs
de la nation ; et que , quand il est détruit , on doit prévoir des calamités certaines, sans pouvoir compter avec probabilité sur aucune amélioration. Même,
le despotisme qu'il détestait, il n'exhorte
point à le renverser ; il le voit comme
une dégradation de la nature humaine ;
il la déplore et la méprise d'autant plus
qu'elle résulte d'un avilissement général
des esprits, qui n'ont plus la conscience
de leur honte ni de leur malheur. Pour
les en tirer, on essaierait vainement de
changer l'ordre des choses. Les souffrances
seraient en pure perte, elles ne pourraient faire renaître la force, ni l'honneur.
Le despotisme n'est pas même la puni-
tion des nations abâtardies. Elles méritent et subissent le châtiment sans le
sentir.

Cependant malgré la gravité et l'élévation de la vie et des travaux de Montesquieu, il conserva toujours une part du caractère qu'il avait montré dans les Lettres Persanes ; en effet on aurait eu du regret s'il l'avait en entier étouffé. Bien que sa renommée repose sur des titres sérieux et solides, il fut toujours aussi remarquable par la richesse de son imagination, que par la profondeur de ses méditations. Ses livres nous montrent un génie vif et animé, que peuvent à peine dompter l'étude et la réflexion. Dès qu'une idée peut prendre la forme d'une image, dès qu'un tableau peut résulter de l'exposition de quelques faits, Montesquieu se laisse entraîner à les présenter sous cet aspect. Son esprit avait un penchant invincible vers les pensées brillantes et poétiques, tandis que ses occupations étaient consacrées à des matières de mo-

rale, de politique et de gouvernement.
Tous les ouvrages de Montesquieu offrent des traces de cette double direction.
En écrivant les Lettres Persanes, il avait
su mêler une peinture animée des mœurs
orientales et un intérêt romanesque dans
un livre qui avait en apparence un tout
autre but; dans le Temple de Gnide, au
milieu du tableau des voluptés, on s'é-
tonne de retrouver le philosophe dessinant
à grands traits le caractère des peuples.
Aussi le talent de Montesquieu ne s'est-
il peut-être jamais montré plus grand que
lorsque, dans deux écrits bien peu étendus,
dans les dialogues de Sylla et de Lysi-
maque, il a pu allier heureusement les
deux caractères de son esprit. L'imagination poétique a rarement produit quelque
chose de plus noble. Ce sont deux belles
conceptions dramatiques, animées d'une
éloquence grave, pénétrante et sublime.

Le génie de Corneille s'en fût honoré, et elles font souvenir de quelques dialogues de Platon.

L'époque à laquelle écrivait Montesquieu, a donné aussi une couleur particulière à ses opinions sur la politique. Il vivait au milieu d'un temps d'ordre et de tranquillité ; il était loin des révolutions et de tous ces mouvements où l'esprit des peuples et des hommes prend un nouveau caractère, et se révèle tout à coup d'une manière imprévue. Il ne pouvait connaître combien d'éléments impurs se cachent quelquefois sous la grandeur apparente des événements historiques, combien de calamités publiques et privées sont voilées par l'éclat et l'intérêt, dont l'histoire brille aux yeux de la postérité. Beaucoup d'objets se sont présentés à lui sous un point de vue idéal, ont excité son admiration, et maintenant nous paraissent sous un tout autre aspect.

Le présent nous a appris à comprendre bien des choses que nous ne pouvions pas démêler dans le passé. L'histoire devient plus triste et plus terrible pour ceux qui peuvent, en la lisant, la comparer aux grands événements dont ils sont témoins. Que de gouvernements, que de constitutions nous avions admirés et considérés comme des modèles, qu'il nous faut maintenant regarder d'un autre œil ! Que d'hommes nous apparaissaient revêtus de gloire et d'éclat, dont à présent les vertus et le mérite ont été détruits ou diminués, quand nous avons vu quelles circonstances pouvaient conduire à la renommée ! Que d'événements reculés dans les siècles, nous semblaient solennels et imposants, et se présentent maintenant comme de vaines comédies, dont la postérité a perdu le secret !

C'est ainsi qu'en admirant la suite et l'ensemble du livre de la Grandeur et de la Décadence des Romains, nous avons le malheur de ne pouvoir plus entrer complètement dans ce système de vertu et de prudence que l'imagination de Montesquieu a cru voir présider, de siècle en siècle, aux destins et à la gloire des maîtres du monde; soit qu'en l'adoptant nous craignions de nous voir trop inférieurs à ce tableau héroïque; soit que le spectacle de notre âge nous rende sincèrement incrédules. Tel est l'effet des circonstances sur les opinions. Montesquieu vivait dans un temps paisible, et, ne voyant pas les vices fermenter autour de lui, il regarde le succès comme la récompense nécessaire et naturelle des vertus et de l'honneur : Machiavel, au milieu des combats cruels de la politique italienne, ne voit de grand que l'habileté et la force de caractère, quels que soient leur direction et leur but.

De même, notre ame attristée par les révolutions, trouve surtout conformes à ses sentiments, les auteurs qui ont vécu au milieu des déchirements et des malheurs des peuples. Eux seuls nous paraissent vrais et profonds. Le mépris des hommes, le doute sur leurs vertus, le défaut d'espérance pour l'avenir, les réflexions d'où rien ne peut sortir de consolant, voilà ce que nous retrouvons avec un triste plaisir dans les historiens et les philosophes. Nous nous consolons, en imaginant que le passé n'a été ni plus heureux, ni plus digne de l'être.

Il y a quelque chose de plus noble et peut-être d'aussi vrai, à ne pas désespérer de l'homme ni des nations, à leur tracer une route pour la vertu et le bonheur, à leur donner une impulsion

franche et entière, et à écarter cette
coupable indifférence qui ne peut rien
produire que de mauvais. Si Montesquieu
eût vécu de nos jours, peut-être ses ouvrages auraient-ils semblé plus profonds
dans la triste connaissance des mauvai-
ses parties du cœur humain ; mais ils
n'eussent point offert ce bel ensemble,
cette constance de principes qui lui don-
nent une marche brillante et persuasive.

Du reste, si l'on veut voir les pas
que la philosophie avait faits depuis cin-
quante ans, on peut rapprocher l'Esprit
des Lois du Traité des Lois que Domat
avait mis à la tête de son livre. Alors on
pourra distinguer combien l'esprit d'examen avait pris d'étendue ; comment les
questions étaient traitées sous un point
de vue plus général ; comment la religion, respectée par Montesquieu, était
pourtant jugée par lui, tandis que Do-

mat l'avait seulement adorée, et en avait fait tout découler, au lieu de la considérer comme accessoire. Si un homme grave et réfléchi, doué de vertu et de prudence, s'éloignait à ce point d'un homme du siècle précédent, qui s'occupait du même sujet, et qui se trouvait dans une position analogue, qu'on juge de la progression plus rapide qu'avaient dû suivre les esprits légers et inconsidérés.

Nous avons suivi jusqu'à la fin de leur carrière ces deux grands écrivains, en exposant, tout d'un temps, le tableau de leur caractère et de leurs ouvrages, sans nous interrompre pour donner attention aux auteurs qu'on distinguait au-dessous d'eux. Revenant maintenant sur nos pas, nous allons examiner quel aspect offrait dans son ensemble la littérature, au moment où Voltaire et Montesquieu y occupaient le rang suprême.

C'est déja une chose à remarquer que le nombre des écrivains; quand les lettres commencent à naître chez un peuple, *il n'est pas de degré du médiocre au pire*, et Despréaux le disait ainsi avec raison. Les routes ne sont pas encore tracées; il appartient au génie seul de les découvrir; il s'en empare exclusivement. Les hommes médiocres n'ont point appris à suivre ces traces. Ils veulent aussi se frayer un chemin, et ils s'égarent sans cesse. Mais lorsqu'un succès constant a servi d'exemple, les esprits d'un ordre inférieur s'empressent d'imiter, et peuvent encore par-là recueillir quelque réputation. Ils n'atteignent pas jusqu'à ces hautes gloires qui brillent à travers les siècles. Ils ne peuvent s'associer à ces génies puissants, qui survivent à la nation qui les a produits, à la langue qu'ils ont parlée; mais du moins leur nom n'est pas ignoré

de leurs contemporains; et leur succès
se prolonge parmi quelques-unes des générations suivantes.

Ce qui peut rendre ce moment encore
plus digne d'attention, c'est qu'il est la
transition entre deux époques diverses. On
y voit croître et se développer rapidement
le germe de tout ce qui va donner
bientôt un aspect nouveau à l'esprit
humain. Le siècle n'a pas encore pris son
caractère distinctif; mais tout s'apprête
pour ce changement. Deux hommes de
génie seulement, chacun dans leur genre,
marchent dans des routes nouvelles, et
montrent dans leurs écrits un esprit différent de tout ce qui les avait précédé.

Le siècle de Louis XIV, en établis-
sant une littérature qui était devenue
classique, avait formé le goût de la nation. Il était devenu plus facile d'écrire,
les lettres se répandaient chaque jour

davantage ; conséquemment elles recevaient de plus en plus l'influence de la
société, et la société reconnaissait de plus
en plus la domination des lettres. Déja
se formaient ces réunions où l'on s'ho-
norait de rassembler les écrivains, où l'on
cherchait l'art d'exciter leur esprit pour
en jouir à chaque moment; où l'on exal-
tait leur amour-propre par une continuelle flatterie ; où ils s'habituaient à
substituer les aperçus rapides, les expressions fines et fugitives de la conversation,
aux opinions mûries, et discutées intérieurement par la réflexion et le travail;
où ils se créaient, par le charme de leur
esprit, un rang et un pouvoir facilement
acquis et imprudemment exercé. Ainsi la
littérature, qui jadis était une chose à
part, une région étrangère aux affaires
du monde, un sanctuaire interdit au vulgaire et à la frivolité, où l'esprit allait

10

chercher le travail et la distraction, va se mêler à l'ensemble de la nation, devenir une partie des mœurs, dépendre de leur caractère, qu'elle modifiera à son tour.

Les sciences exactes et naturelles commençaient à se montrer avec éclat, et à honorer la France : elles attiraient l'attention du public, et s'illustraient par des entreprises formées sous les auspices du souverain. Les découvertes de Newton, les méthodes de Leibnitz étaient admises et répandues ; elles excitaient une noble émulation.

La littérature étrangère se faisait jour aussi. Voltaire en avait donné le goût, et chaque jour voyait éclore de nouvelles traductions. Les voyages établissaient aussi entre les nations une communication plus intime et plus complète qu'autrefois : l'Europe devenait comme une grande nation, dont aucune province n'est étrangère à l'autre.

On commençait à s'occuper des questions de politique et d'économie publique.

Dans la poésie, l'école du siècle de Louis XIV avait conservé plus d'autorité; Voltaire n'avait pas encore acquis cette renommée qui le plaça quelques années après sur le trône des lettres. Les poètes ses contemporains étaient loin de ratifier les jugements du public. Sans cesse ils opposaient à Voltaire la génération précédente : ils le plaçaient loin au-dessous de Corneille, de Racine, de Despréaux, de Rousseau. La critique, en l'attaquant, ne semblait pas encore une révolte contre un pouvoir établi : c'était une discussion sur des succès que quelques-uns croyaient passagers. Ainsi Voltaire ne servait pas encore de modèle. Ce n'était pas lui qu'on imitait.

Lonis Racine, dépourvu de verve, inhabile à exciter un intérét soutenu, demeurait, plus que tout autre, fidèle au siècle que son père avait honoré ; ses vers étaient élégants et soignés ; il écrivait avec conscience et sincérité ; il iguorait le charlatanisme de la conduite et du style, et quand le respect pour la religion s'évanouissait chaque jour, il en faisait le sujet de ses chants.

Le Franc de Pompignan essayait de succéder à Rousseau, et malgré l'anathème de ridicule dont un vers de Voltaire a frappé ses poésies sacrées, on y peut découvrir, sinon une ode entièrement belle, du moins un très-grand nombre de strophes remarquables.

Sur la scène tragique, Voltaire n'avait pas de rival : peu d'années ont fait disparaître presque tous les essais qui furent tentés pour s'associer à ses triomphes. Les

uns s'efforçaient à imiter la correction de
Racine, et à produire l'intérêt, plus par
le développement des sentiments, que par
le mouvement des situations ; d'autres voulaient retrouver la manière de Corneille,
et s'attachaient plus à chercher la grandeur que la vérité ; on obtint aussi des
succès en concertant habilement une intrigue compliquée, féconde en révolutions subites. Quelques auteurs prenant
déja exemple sur Voltaire, s'essayaient à
tracer une action rapide et variée, où les
passions pussent se livrer à toute leur fou-
gue et à toute leur chaleur. Ainsi la tragédie, bien que plusieurs talents du second
ordre s'y exerçassent avec honneur, n'a-
vait pas une couleur bien déterminée.

La comédie fut aussi cultivée avec succès par quelques auteurs de ce moment,
et même avec un succès plus durable ;
mais elle avait tout-à-fait changé de ca-

ractère. Ce n'était plus la peinture naïve et profonde du cœur humain, où Molière avait excellé, où Dancourt et Le Sage l'avaient imité. Un certain langage de convention s'était emparé de la comédie. Les caractères, les mœurs, les incidents même n'étaient plus pris dans la nature. Trop heureux quand la peinture d'un ridicule du moment pouvait avoir quelque vérité! et encore il était rare qu'on sût offrir le tableau fidèle, même de cette légère écorce. On recherchait soigneusement des situations gaies ou intéressantes, dont on calculait les effets, sans songer que tout est situation pour celui qui connaît bien le cœur et les caractères. On concertait des plans, des contrastes, pour plaire au spectateur et pour le séduire. On avait vu disparaître ce talent comique qui révèle la nature comme par instinct, au lieu de s'inquiéter des moyens que l'art peut fournir pour produire de l'effet.

Tels sont les défauts de cette nouvelle école de comédie. Mais, après avoir remarqué que la comédie n'était plus la même que du temps de Molière, qu'elle formait une toute autre espèce de composition littéraire, nous dirons que, ce genre une fois admis, le talent peut aussi s'y montrer avec distinction. Les auteurs ont perdu la vérité des personnages, mais il leur reste la vérité de leurs propres sentiments, de leur imagination. Il suffit qu'ils fassent partager aux spectateurs le mouvement qui les a inspirés, pour obtenir et mériter des succès. Quelle que soit la forme qu'on donne à une inspiration réelle, on est sûr de réussir.

Ainsi le rôle du Métromane est assurément conçu d'une manière idéale, et n'est pas une représentation de la nature. Mais il est écrit avec une verve et une vérité de sentiments qui entraînent. Nous ne son-

geons pas si les poètes sont ainsi faits; ce
dont nous sommes assurés, c'est que l'ame
de Piron était puissamment et véritable-
ment émue, quand il faisait parler le métromane; et la nôtre partage sur-le-champ
cette émotion.

Destouches, sans avoir aussi bien réussi,
a su, par deux ou trois comédies, s'assurer
une réputation durable. Un style pur et
facile, des situations attachantes, main-
tiendront long-temps au théâtre le Glorieux et le Philosophe marié, où se
trouvent cependant des caractères complètement hors de nature.

Lachaussée, contre lequel s'élèvent
quelques préjugés, montra peut-être un
talent plus original. Les ridicules, les travers, les vices, n'ont pas été de son ressort; quand il a essayé de les peindre, il
a employé des couleurs fausses. Mais les
sentiments délicats, la douce et vraie sen-

sibilité, les mouvements généreux lui inspirent une sorte de chaleur, sans déclamation, sans affectation, qui parvient à émouvoir; dans ce genre, le seul où il ait réussi, il est loin de Térence et de sa touchante simplicité, mais pourtant il le rappelle quelquefois.

Un rang plus distingué est réservé à Gresset, et il le mérite à plus d'un titre. L'auteur de Ververt, quand il ne se serait pas placé au-dessus des poètes comiques ses contemporains, serait encore assuré de ne pas être oublié. On peut reprocher à la comédie du Méchant d'avoir trop peu d'action, de manquer d'intérêt et de développement; peut-être Gresset aurait-il pu mettre plus de profondeur dans la conception du caractère principal. Peut-être aurait-il dû montrer à quel esprit de vanité et d'émulation les vices de Cléon doivent leur origine, et comment, parmi une

certaine classe d'hommes, n'avoir ni bonté,
ni vertu, a pu devenir l'objet d'une lutte
d'amour-propre. Gresset a semblé croire
que cette absence de tout sentiment honnête et sympathique, pouvait être une
jouissance personnelle et solitaire. La gaîté
que Gresset a voulu donner au méchant,
n'est point dans la nature. Faire le mal
n'est un plaisir que lorsque la société vous
en récompense ; et cela se passe assez souvent ainsi, pour que Gresset eût pu essayer
de le représenter. Ces défauts sont bien
compensés par l'élégance et la facilité de
la versification, par l'imitation vraie et
spirituelle du ton de conversation qui régnait alors dans le monde.

Le petit poème et les poésies de Gresset ont moins d'attrait que les ouvrages
légers de Voltaire. Les douces et innocentes
plaisanteries contre les nones ou les pédants
font malheureusement moins d'effet que

celles qui attaquent des objets plus relevés et plus importants. Gresset n'offre guère que des idées communes, mais sa position dans le monde faisait que ces idées étaient pour lui neuves et piquantes. Aussi ses vers, loin de paraître communs, ont-ils le charme du naturel et de la grace.

Pour achever ce tableau des principaux auteurs comiques, nous devons parler de Marivaux, dont les ouvrages ont un caractère singulier. Observateur minutieux du cœur humain, il s'était fait une étude particulière de reconnaître les plus petits motifs de nos sentiments et de nos déterminations. C'était là son talent, et l'on ne peut disconvenir de la vérité de ses observations ; mais il ne faut pas se laisser abuser par ce genre de mérite, et l'on doit remarquer qu'en en faisant parade, on en diminue l'effet. Marivaux ne nous donne pas le résultat de son observation, mais l'acte même de l'observation. Les paroles de chaque personnage sont toujours arrangées de façon à montrer que la théorie de son cœur était bien connue de l'auteur. Une scène de Molière est une représentation de la nature; une scène de Marivaux est un commentaire sur la nature. Avec une telle manière de procéder, il ne reste plus que peu de place pour l'action et pour le sentiment. L'auteur a attaché tant d'importance à expliquer les causes, que le résultat demeure sans effet. De là vient aussi que les comédies de Marivaux se ressemblent toutes, au point qu'on peut à peine distinguer l'une de l'autre; c'est toujours un passage insensible d'un sentiment à un autre, décrit dans ses nuances successives. Il en résulte un défaut de plus; c'est qu'un développement fait ainsi lentement, et pas à pas, ne peut s'accorder avec la mesure de temps et d'événements contenus dans une comédie; et cette progression si bien ménagée, conduit justement à ce qu'elle voulait éviter, à l'invraisemblance.

Le cours plus lent et plus gradué d'un roman se prête mieux à ce genre de composition. En renonçant aux effets que produisent les mouvements rapides et passionnés, en se bornant à peindre des sentiments doux dont l'analyse fait sentir le charme, en donnant assez peu de rapidité aux événements pour décrire leurs plus petits résultats, Marivaux est arrivé à faire un roman plein d'agrément, et qui a même de l'intérêt.

Dans cette branche de la littérature, à laquelle tant d'écrivains se sont adonnés pendant le dix-huitième siècle, nous n'oublierons pas l'abbé Prévost. La situation où a vécu cet auteur a nui à ses ouvrages. S'il n'eût pas été obligé de faire

de sa plume féconde un moyen continuel
de subsistance, il eût laissé sans doute
une plus grande réputation. Dans tout ce
qu'il a écrit, on trouve de l'intérêt et du
charme. Il a une manière simple de raconter. Rien, dans ses compositions ni
dans son style, ne semble tendre à l'effet.
Il dit les événements sans y joindre de réflexions. Il peint les situations, sans en
paraître lui-même ému. Mais comme il y
a de la simplicité dans le récit, le lecteur
est touché, comme si la chose même se
passait devant ses yeux. En général, il s'est
peu attaché à approfondir les sentiments.
Une seule fois, il s'est livré à ce genre, et
sans sortir de la manière qui lui était propre, il a été éminemment touchant. Il s'est
contenté, dans Manon Lescaut d'être l'historien des passions, comme il avait été
celui des aventures dans ses autres romans; mais il a été si vrai, qu'il a su se

passer de l'éloquence pour peindre les mouvements du cœur; il lui a suffi de les raconter. En tout, le caractère des écrits de l'abbé Prévost semble un peu appartenir à un autre temps que le sien. Dire naïvement ce qu'on a vu ou cru voir, réfléchir peu, ne pas développer le sentiment et ne l'affecter jamais, ainsi faisaient les narrateurs des vieux temps. La vie de Prévost offre aussi quelque chose d'étranger aux mœurs de ses contemporains. A la vérité, il s'est dégagé des liens et des devoirs de la société; il a secoué le joug que lui imposait son état; il a vécu dans le désordre : mais du moins il n'a pas érigé en système des principes qui le justifiassent. Il n'a pas professé sa conduite. Il a erré, mais n'a pas mis d'importance à ce que les autres l'imitassent. A cette époque, un tel caractère commençait à être rare. On en était déja venu à se justifier de ses

nions nouvelles. Elle fut suspendue pendant la vie du ministre; quand il ne fut plus, elles exercèrent un empire absolu.

Avant de nous entretenir des hommes que l'on désigne plus particulièrement sous le nom de philosophes du dix-huitième siècle, nous allons nommer un écrivain qui doit en être séparé. Vauvenargues ne fut point étranger aux influences de son temps; cependant l'étude particulière qu'il fit des auteurs du siècle précédent, l'admiration qu'ils lui inspirèrent, l'écarta de la route de ses contemporains; il ne tomba pas comme eux dans ce dédain frivole pour leurs prédécesseurs, et par là fut préservé de bien des erreurs. Ce fut à l'école de Pascal qu'il apprit à sonder le cœur humain, à l'école de Fénélon qu'il apprit à l'encourager et à le secourir.

On éprouve un sentiment bien doux à voir un moraliste dépouillé de cette tris-

tesse, de cette dureté, de ce mépris de
l'homme, qui suit presque toujours l'étude
qu'on en fait. L'homme est condamné à
un double et contradictoire supplice; lui,
qui est si vain vis-à-vis des autres, porte
en soi, et pour son tourment, un sentiment profond d'humilité que nourrissent
la réflexion et l'examen de soi-même. Il
ne sait pas se révolter quand on le calomnie, et lorsqu'on lui présente avec quelque
force des opinions qui dégradent sa nature, il les adopte avec une sorte d'em-
pressement, car elles sont conformes à
des impressions qu'il a mille fois éprou-
vées. Quand on vit sous les lois d'une
religion, ce sentiment du mépris de soi,
qui pervertit les uns et attriste les autres,
ce sentiment rend meilleur et plus heureux. S'il détruit les affections terrestres,
il donne plus de force à cet amour qui se
porte vers les choses divines. Ainsi Pascal

et Bossuet, malgré leur dédain pour la
créature humaine, ne dessèchent point,
ne découragent point l'ame; du moins, sur
les blessures qu'ils lui font, ils versent un
céleste baume qui les adoucit; mais détruire la religion et défaire les vertus de
l'homme, c'est une étude triste et per-
verse.

Vauvenargues n'avait pas cette ferme
persuasion, ce besoin pressant de la religion qui inspira le génie des philosophes
chrétiens. Mais son ame, qui ne pouvait
se passer de sentiments nobles et élevés,
ne s'attachait pas à flétrir ceux que l'homme
peut éprouver indépendamment d'une
croyance positive; au contraire, il les a
développés avec une sorte de prédilection;
il a espéré du cœur humain, et sa morale
tend à lui donner de la dignité. Nous lui
devons mieux que de l'admiration, il mérite notre reconnaissance. N'oublions pas

que Vauvenargues a su, dans quelques morceaux de critique, montrer un goût aussi pur que sa morale; le premier il a su apprécier complètement Racine. On remarquera que c'est un disciple de Voltaire, nourri de ses conversations journalières, qui a rendu cette justice à Racine.

Le caractère des hommes qui se livraient aux lettres et aux sciences avait bien changé. Jadis répandus en petit nombre dans l'Europe entière, écrivant dans une langue inconnue au vulgaire, vivant dans un temps où n'existait pas ce qu'on a appelé depuis la société et la conversation, ils étaient renfermés dans la science; le monde et les autres hommes ne les touchaient guère, et leur étaient peu connus. De-là venait cet amour sans bornes pour la science qu'on cultivait, cette complaisance franche et entière dans

les connaissances qu'on avait acquises, ce
dédain pour le suffrage du monde, cette
bonne foi qui s'exposait au ridicule sans
s'en apercevoir, enfin tout ce qui compo-
sait cette pédanterie farouche des premiers érudits. Peu à peu les travaux de
ces hommes laborieux portèrent fruit,
l'instruction commença à se répandre; il
se forma un public : alors ce fut à lui, et
non plus à leur propre satisfaction, que
les écrivains dédièrent leurs ouvrages; ce
fut à lui qu'ils voulurent plaire; ils atta-
chèrent plus d'intérêt à leurs succès, moins
à leurs compositions; non qu'ils ne s'ef-
forçassent de bien faire, mais il voulaient
réussir. D'ailleurs, sans qu'ils y prissent
garde, communiquant avec les autres
hommes, ils en ressentaient l'influence,
et il se formait une sorte d'harmonie entre
les idées qui circulaient autour d'eux, et
celles que leur génie enfantait. Ce public,

qui était devenu leur juge, se composa d'abord des hommes à qui leur situation permettait le loisir. Dans les temps peu civilisés cette classe est peu nombreuse. Ce fut d'abord pour les princes et leurs courtisans que la littérature commença à descendre des hauteurs de l'érudition; les écrivains, cherchant à plaire à des hommes si élevés au-dessus d'eux, n'étaient point humiliés de cette infériorité de position; les applaudissements des princes les flattaient et les honoraient; ils recherchaient de tels succès avec déférence et respect. Sans doute ils étaient de la race irritable des poètes. Racine se vengeait par des épigrammes, de M. de Créqui qui insultait à ses vers; mais il ne se serait pas choqué d'une circonstance qui aurait marqué une différence de rang. On avait de la vanité pour ses ouvrages, on n'en avait pas encore pour sa personne.

Lorsqu'ensuite, par l'effet de la civilisation, la classe oisive fut devenue plus nombreuse, lorsqu'un public plus étendu eut recherché, comme un besoin, les jouissances intellectuelles et littéraires, et qu'en même temps la cour eut perdu une partie de sa considération, les hommes de lettres conquirent une position plus indépendante ; le sort de leurs ouvrages et de leur personne ne fut plus attaché à la faveur du pouvoir. Dès lors ils commencèrent à s'apercevoir qu'ils occupaient dans l'état une place inférieure ; leur orgueil s'en offensa, et leurs opinions furent par-là modifiées. Au reste, ceci n'est point une accusation particulière intentée à la classe des gens de lettres. En effet, tout homme, qui se trouve dans une position indépendante, et cependant inférieure, éprouve presque toujours en lui-même un sentiment de révolte contre cette inégalité, dont la nécessité ne semble plus indiquée par l'ordre des choses ? Ce que nous avons dit des littérateurs, il n'y a pas une classe dans l'état à laquelle on ne puisse l'appliquer; dans toutes on aurait pu voir l'esprit d'égalité croissant rapidement avec la civilisation, et résultant du changement dans la manière de vivre, de la communication entre les hommes, du progrès de leurs réflexions et surtout de la nullité politique des premiers ordres de l'état. Nous aurions pu observer la différence des rangs devenant de plus en plus pesante, parce qu'elle n'avait plus de fondements réels, et qu'elle semblait porter à faux. Qui entreprendrait l'histoire de la vanité en France, découvrirait bientôt une grande portion des causes de la révolution que la France a éprouvée.

C'était d'ailleurs un moment tout propre à donner aux écrivains une haute idée de leur importance. Frédéric II, qui voulait

12

employer tous les moyens d'élever son empire au premier rang, avait rassemblé
près de lui une foule de littérateurs français, et avait fini par y attirer Voltaire;
il avait placé presque au même niveau le
pouvoir suprême et la supériorité de l'esprit, sans songer que ces deux despotismes
ne pourraient pas long-temps vivre en
paix. Le plus illustre des souverains recherchant ainsi l'amitié d'un poète! il y
avait là de quoi exciter l'orgueil des littérateurs. Ils crurent voir renaître ces jours,
où les sages de la Grèce étaient appelés à
la cour des rois pour y donner des conseils, et dans les républiques pour y faire
des lois. Alors rien n'arrêta plus leur essor; tout devint de leur domaine : la morale, la politique, la religion, furent sou-
mises à leur révision. Leur espoir ne fut
pas trompé, la gloire et l'importance des
écrivains français alla toujours croissant;

du fond du Nord, on leur envoyait des
hommages, et l'on demandait leur présence. Tous les souverains voulurent connaître les moindres détails de cette littérature, objet des conversations de l'Europe
entière. Ils vinrent eux-mêmes visiter ces
hommes et ces académies qui illustraient
la France : des peuples demandèrent des
constitutions aux philosophes; des hommes d'état se formèrent à leur école. Le
gouvernement qui régnait alors luttait
avec faiblesse et irrésolution contre cette
influence; mais comme la France ne devait à ce gouvernement ni gloire, ni puissance; comme les armes étaient sans éclat,
la cour sans dignité, les mœurs sans pudeur, l'état sans lois, les défenseurs de la
religion sans bonne foi, l'opinion publique
se tournait entièrement du côté d'une philosophie qui flattait tous les amours-propres; qui dégageait de tous les liens, et

érigeait en système le mépris du pouvoir, qu'il était en effet difficile de respecter. Assurément cette philosophie pouvait bien porter, dans son caractère, quelques présages de désordre et de destruction ; mais ce n'était pas là qu'on devait remarquer les symptômes les plus effrayants et les plus irrémédiables. Un monarque indolent et égoïste, qui cherchait le plaisir avec des maîtresses avilies ; des grands seigneurs qui professaient l'immoralité avec impudence ; des ministres qui ne s'occupaient que d'intrigues ; des généraux qui avaient appris l'art militaire dans les salons ; l'influence des femmes reconnue comme principe ; toutes les vanités en conflit les unes contre les autres : tous les droits contestés, conséquemment tous les devoirs contestables ; voilà certes des garants bien plus terribles d'une révolution, que ne l'étaient des philosophes orgueilleux et imprudents ;

et la guerre de sept ans nous a approchés de la catastrophe plus que l'Encyclopédie.

Cependant, pour ne pas être injuste, on doit convenir qu'au milieu de cette soif de réputation et d'influence, les littérateurs avaient un vif désir du bien, une envie de perfectionner, qui leur faisait illusion sur leurs sentiments d'amour-propre. Ils prenaient ce besoin de régner sur toutes choses, et de les changer à leur gré, pour du dévouement au bonheur de l'humanité et à l'accroissement des lumières; ayant ainsi, même à leurs propres yeux, déguisé sous d'honorables apparences les dispositions dont ils étaient animés, rien ne les faisait rentrer en eux-mêmes. De-là ce ton absolu, cette intime persuasion de ses propres idées, cette complaisance en soi, cette absence de doute et d'hésitation, cette ardeur de prosélytisme, cette morgue intolérante, qu'on leur a tant reprochés.

12.

On ne doit pourtant pas s'imaginer que ce caractère règne exclusivement dans tous leurs écrits. On y trouve de loin en loin certains retours, certaines restrictions, et quelques instants de mesure et de réserve. Mais leurs principes ne conservaient point, en se répandant parmi les livres des écrivains inférieurs et dans le vulgaire, les limites qu'ils leur avaient parfois imposées. On juge par-là de la disposition du public pour lequel ils travaillaient ; ils marchaient dans une direction générale, et le cours en était si rapide, que les efforts tentés quelquefois pour le retarder n'étaient pas même aperçus. Rien ne devait donc encourager les auteurs à apporter dans leur doctrine un esprit de sagesse et de modération qu'on ne goûtait pas alors.

Les dépositaires du pouvoir voyaient avec méfiance ce caractère et cette tendance des philosophes. Ils ne s'aperce-

vaient pas que le mal était dans la nation,
et croyaient tout guérir en empéchant les
symptômes extérieurs de se manifester.
Aussi lorsque l'on vit la société philosophique former la vaste entreprise d'une
Encyclopédie : cadre immense où pouvaient se développer toutes les opinions,
l'alarme fut grande dans le ministère. On
voulut arrêter cet examen universel, qu'on
prenait pour un prétexte à tout attaquer.
Le meilleur moyen de prévenir un danger
qu'on exagérait beaucoup, était sans doute
d'accorder protection et encouragement à
l'entreprise ; on aurait de cette sorte acquis
une influence marquée sur l'ouvrage. En
flattant les auteurs ; on aurait modifié leurs
dispositions, et l'on aurait eu action sur
eux ; mais on fit, en cette occasion, la
faute que commettent souvent les gouvernants. Ils veulent arrêter le cours des choses, au lieu de le diriger à leur profit.

Les obstacles mis à la publication du livre nuisirent à son exécution autant qu'à sa direction. S'il eût été publié avec tranquillité, il aurait eu, en grande partie, sa vraie destination; il aurait été un monument de l'état des sciences à cette époque, et par-là serait devenu utile. Rien ne perfectionne autant les connaissances humaines, que d'examiner le chemin qu'elles ont déja fait. On suit leur marche, on voit comment elles ont erré, et pourquoi; on jette un coup d'œil d'ensemble sur la science, et elle en devient plus simple et plus féconde. Le meilleur moyen d'aller en avant, c'est de regarder la route qu'on vient de faire.

Au lieu de produire un semblable effet, l'Encyclopédie se changea sur-le-champ en une affaire de parti. Il devint plus important pour ceux qui l'avaient conçue, de la faire paraître au jour, que de l'en rendre digne ; et comme ils avaient été constitués en hostilité avec l'ordre établi, leur orguèil s'attacha à répandre dans l'Encyclopédie ce qu'ils appelaient des vérités neuves et audacieuses ; ainsi elle demeura une œuvre incomplète et peu utile. Celle qui a été entreprise depuis, est, sans nul doute, conçue d'après un plan beaucoup meilleur, plus riche en science, et plus conforme à son véritable but.

Après avoir parlé d'une manière générale du caractère de l'esprit philosophique à cette époque, et des circonstances où il prit naissance, il convient d'examiner quel genre de systèmes et d'opinions, il fut conduit à adopter et à répandre. Nous avons vu ce qu'étaient les écrivains relativement à l'ordre moral et politique ; cherchons ce que la critique peut penser de leurs travaux considérés en eux-mêmes, et quelle place ils doivent occuper dans l'histoire

des lettres. L'Encyclopédie qui fut orgueil-
leusement conçue pour donner aux siècles
à venir une haute idée des progrès im-
menses que l'on croyait apercevoir dans
les connaissances humaines, les envisagea
sous un point de vue nouveau, et dans un
esprit qui fit changer de caractère à presque toutes les sciences. En effet on avait
cru découvrir un nouveau cours à leur
source commune ; on avait tracé la marche
des opérations de l'ame humaine, sur une
route nouvellement adoptée.

C'est ce qu'on peut déja reconnaître
dans le discours préliminaire de l'Encyclopédie, ouvrage qui obtint une grande
réputation, et qui annonça cette entreprise
d'une manière brillante.

D'Alembert, si l'on écoute le témoignage
impartial des mathématiciens, était un génie du premier ordre, et il a laissé dans
cette carrière des traces de son passage.

Même sans être fort instruit en cette matière, on ne s'étonne pas de ce jugement, en lisant la portion du discours préliminaire de l'Encyclopédie, qui a rapport aux sciences exactes. Peut-être n'a-t-on jamais porté, dans l'examen de leurs principes et de leurs résultats, plus de finesse et de bonne foi. L'analyse qu'il fait de leurs procédés, la manière dont il montre la vérité, acquérant d'autant plus de certitude qu'on fait abstraction d'un plus grand nombre de circonstances réelles, et n'étant vraiment complète que lorsqu'elle devient l'identité de deux signes exprimant la même idée; tout cela est d'un homme qui plane de haut sur la science qu'il professe. Mais l'autre partie du discours est loin de donner une aussi haute idée de d'Alembert. Quand il en vient à rechercher les sources et les principes des autres divisions des connaissances humaines, il se montre alors incomplet et superficiel. S'il avait une connaissance approfondie des sciences qui classent et comparent nos perceptions, il était loin de connaître celles qui consistent à décrire les impressions de l'ame.

Il y a deux manières d'envisager la métaphysique : l'une s'occupe du centre de l'homme, des facultés et des opérations de son ame, de la destination qu'elle peut avoir, de son essence, de la nature de son action. La difficulté de cette science, c'est de rattacher l'ame aux opérations du corps, et de trouver à-la-fois la limite et la transition entre l'action morale et l'action physique. L'autre métaphysique suit une marche complètement opposée : elle part des objets extérieurs, cherche leur action mécaniq e sur l'homme, examine es sensations, leurs résultats immédiats, et chemine le plus avant qu'elle peut dans cette route, s'efforçant à arriver du dehors, jusqu'au point central, qui constitue le *moi* humain. Mais quand il faut rejoindre ces opérations de l'animal aux opérations de l'ame, l'inexplicable reparaît, et la chaîne, soit qu'on la prenne d'un côté, soit qu'on la prenne de l'autre, arrive toujours à se rompre. Ainsi il y a deux sciences : la science de la pensée et celle de la sensation, qui semblent au premier aspect, avoir le même domaine, mais qui ne peuvent cependant s'atteindre. En partant des affections intérieures de l'ame, on n'arrive point à la sensation ; et quelque loin qu'on pousse la connaissance de la sensation, on ne saurait dire comment elle devient une pensée. Comme ceux qui cultivent ces sciences ne veulent pas voir où elles manquent, les premiers arrivent à nier l'existence réelle des objets extérieurs ; les seconds se trouveraient amenés à nier l'existence de l'ame.

Mais, en général, ceux-ci reculent devant cette conséquence, qui, en effet, est plus absurde que l'autre.

Autrefois, négligeant d'examiner tout le mécanisme des sens, tous les rapports directs du corps avec les objets, les philosophes s'occupaient surtout de ce qui se passe au-dedans de l'homme. La science de l'ame, telle a été la noble étude de Descartes, de Pascal, de Mallebranche, de Leibnitz. Cette métaphysique les conduisait directement à toutes les questions qui importent le plus à notre cœur. Ils dédaignaient la partie de la pensée, qui a rapport au sens extérieur; ils apercevaient bien cette question particulière de métaphysique, qu'on a appelée depuis la *formation des idées;* mais, suivant eux, elle touchait trop peu au fond des choses pour mériter leur attention. Peut-être se perdaient-ils quelquefois dans les nuages des

hautes régions où ils avaient pris leur vol ;
peut-être leurs travaux étaient-ils sans
application directe ; mais du moins ils sui-
vaient une direction élevée, leur doctrine
était en rapport avec les pensées qui nous
agitent, quand nous réfléchissons profondément sur nous-mêmes. Cette route conduisait nécessairement aux plus nobles des
sciences, à la religion et à la morale. Elle
supposait dans ceux qui la cultivaient, un
génie élevé et de vastes méditations.

On se lassa de les suivre ; on traita de
vaines subtilités, on flétrit du titre de rêveries scolastiques les travaux de ces grands
esprits. On se jeta dans la science des sensations, espérant qu'elle serait plus à la
portée de l'intelligence humaine. On établit comme base de la métaphysique, qu'il
était inutile de s'occuper de l'ame, puisqu'on ignorait sa nature ; sans s'apercevoir que, par-là même, on en faisait

une faculté constante et invariable, exerçant toujours le même genre d'action. On avouait ne le pas connaître, et l'on fondait le système sur une supposition bien plus hasardée, bien moins raisonnable que toutes celles qu'on dédaignait. Ayant donc fait de l'ame une sorte de principe vital, une faculté neutre attachée, par des liens encore inconnus, à un certain assemblage de matière, on s'occupa de plus en plus des rapports mécaniques de l'homme avec les objets, et de l'influence de son organisation physique. De cette sorte, la métaphysique alla toujours se rabaissant, au point que maintenant, pour quelques personnes, elle se confond presque avec la physiologie. Pendant ce temps, une nation voisine, l'Allemagne, recueillait le glorieux héritage de la haute philosophie; aujourd'hui, elle se prévaut sur nous de l'essor élevé qu'elle a donné à la science de la pensée, et dédaigne notre manière étroite de raisonner sur l'ame et sur les facultés humaines.

Le dix-huitième siècle a voulu faire de cette manière d'envisager l'homme, un de ses principaux titres de gloire. Locke avait déja marché dans cette direction, et s'était occupé de développer les mêmes questions. Mais il ne semble pas avoir voulu, comme ses disciples, que toute la science fût réduite à l'examen des sensations. Il savait sans doute que ce premier mécanisme de l'entendement humain, lors-même qu'il ne serait pas lié, comme il l'est en effet, à la question fondamentale, était loin de constituer toute l'essence de l'homme. Leibnitz, qui assista à la naissance de cette école, témoigna une sorte de pitié pour la philosophie superficielle de Locke.

La philosophie des Encyclopédistes s'empara des idées de Locke, et les poussa aux dernières conséquences. Ce système est professé implicitement dans le discours préliminaire de l'Encyclopédie.

Mais ce n'est point là cependant qu'il faut le chercher, quand on veut le bien connaître. Il n'y est pas développé complètement et avec clarté. Condillac, qui commença à écrire un peu avant cette époque, est le chef de l'école. C'est dans ses ouvrages que cette métaphysique exerce toutes les séductions de la méthode et de la lucidité; d'autant plus claire qu'elle est moins profonde. Peu d'écrivains ont obtenu plus de succès. Il réduisit à la portée du vulgaire la science de la pensée, en retranchant tout ce qu'elle avait d'élevé. Chacun fut surpris et glorieux de pouvoir philosopher si facilement; et l'on eut une grande reconnaissance pour celui à qui l'on devait ce bienfait. On ne s'aperçut pas qu'il avait rabaissé la science, au lieu de rendre ses disciples capables d'y atteindre.

Cette nouvelle métaphysique ne tarda pas à faire sentir son influence sur toutes les théories. Il y eut bientôt une nouvelle manière d'examiner chaque branche des connaissances humaines, d'en établir les principes, d'en enchaîner les raisonnemens. Ce fut une révolution d'autant plus importante que les idées et les opinions qu'elle a répandues; sont, pour ainsi dire, devenues classiques en France, et nous isolent maintenant de la philosophie antique, et des écoles étrangères.

Les sciences exactes et naturelles s'accommodèrent fort bien de la métaphysique des sensations; peut-être est-ce à leur esprit qu'elle doit la naissance; du moins est-il vrai qu'elles ont reçu à ce moment une impulsion qui a déterminé de rapides progrès. Ces sciences cherchent à découvrir ce qu'est la nature en elle-même, indépendamment de l'effet qu'elle produit sur chacun des hommes. Pour arriver à ce but, elles ont soin de dépouiller l'impression produite par les objets, des circonstances particulières qui la rendent différente pour chaque individu. Elles s'attachent à considérer cette impression sous un point de vue unique; de cette manière, elles la rendent identique pour tous les hommes, afin que chacun construise le même édifice sur les mêmes fondemens. Elles tâchent d'obtenir par cette abstraction un produit net de la sensation, si l'on peut ainsi parler, afin d'avoir une base solide de raisonnement. Ainsi, regarder les objets et leurs modifications comme l'absolu, c'est une marche conforme à l'esprit de ces sciences.

Mais le penchant le plus naturel à l'homme n'est pas de travailler sa pensée pour la rendre semblable à celle de tous les autres hommes. Tout au contraire, il cherche sans cesse les moyens de faire partager aux autres sa propre impression, telle qu'il a reçue, sans l'abstraire d'aucune circonstance. Un sentiment de sympathie lui fait un besoin d'exciter en autrui la sensation qu'il éprouve. Procéder par voie de démonstration, comme font les sciences exactes, est assurément un contentement pour l'esprit humain ; c'est un moyen artificiel d'arriver à une vérité qui n'est autre chose que l'accord universel. Procéder par voie de persuasion est bien plus dans la nature humaine ; et communiquer sa pensée à un seul individu, telle qu'on l'a conçue, est une plus grande satisfaction, que d'entrer dans le consentement de tous, sur une notion abstraite et sans réalité. Tout ce qui doit agir sur le cœur de l'homme, toucher son individualité, pénétrer dans l'intérieur de lui-même, se rapporte à cette seconde marche. Les principes de la religion, de la morale, de la politique, de l'éloquence, de la poésie, des arts d'imagination, ne peuvent exister, s'ils ne sont pas la pensée intime et complète de chaque homme. Pour s'imaginer, ce que quelques-uns ont cru, qu'à force de bien raisonner, on disposera ces principes de façon à en composer une science exacte, il faut n'avoir pas réfléchi sur soi-même. Pour peu qu'on y fasse attention, on verra que la vérité abstraite et de démonsration reste comme étrangère à l'individu, qu'elle lui est extérieure; tandis que la vérité de sentiment et de persuasion fait partie de l'homme lui-même, qu'elle est un mode de sa pensée et de son ame.

D'ailleurs, chacune des directions où s'exerce l'esprit de l'homme, vient se rattacher à une disposition de l'ame qui lui correspond. On ne saurait dire s'il y a des idées innées. Dans le sens où l'on a pris

le mot *idée*, il paraîtrait qu'il ne peut
y en avoir de cette nature ; mais toujours
est-il que l'ame a des dispositions nécessaires, qui appartiennent à sa propre nature, qui sont indépendantes des circonstances extérieures, qui se retrouvent dans
tous les états de civilisation, dans toutes
les variétés de l'organisation physique, et
qui font le caractère distinctif de l'homme,
tout autant que sa forme corporelle. Ces
dispositions sont plus ou moins développées, plus ou moins capables de s'exprimer. Les sens apportent plus ou moins de
matière à l'activité de leur flamme. Ainsi
par-tout vous trouverez dans l'homme le
sentiment de l'infini ; vous le verrez dési-
rant au-delà de ses besoins, demandant
encore quand ils sont satisfaits ; cherchant
toujours au-delà de tout ; supposant une
vie après la sienne, respectant et enseve-
lissant les morts parce qu'il ne peut les

imaginer finis pour toujours; inquiet du cours de la nature, ne pouvant la croire immuable, lui soupçonnant un commencement et redoutant sa destruction. Telle est, dans la nature de l'homme, la disposition qui le rend religieux; quelque sauvage que vous le supposiez, vous apercevrez toujours dans son cœur une fibre destinée à ce genre de sentiments. C'est donc ce penchant de l'ame, c'est cette révélation intérieure, qui est le principe de la religion. Mais la métaphysique des sensations ne peut prendre pour base de ses raisonnements une disposition de l'ame, puisqu'elle en fait une puissance constante et neutre, un tableau décoloré, où viennent, à travers les sens, se peindre les objets extérieurs: elle est donc contrainte à faire pour chaque théorie, ce qu'elle a fait pour l'homme lui-même; à l'examiner par le dehors, au lieu de pénétrer dans

son intimité; à chercher comment les sensations et le mécanisme physique ont pu
donner naissance à telle ou telle tendance
de l'esprit humain. De la sorte, elle prend
l'habitude de considérer par les détails,
les choses qui doivent être vues dans leur
ensemble. Et de même que dans l'examen
de la marche des idées, elle n'a pu arriver jusqu'à l'ame en suivant le cours des
sensations, de même elle ne peut parvenir
à trouver le centre particulier auquel se
rattache chaque sphère des connaissances
humaines.

Cette façon de procéder, cette application de l'analyse aux choses qui ne sont
pas de son ressort, est donc toute convenable pour détruire et pour dissoudre;
car ayant, dès l'abord, caché le principe
fondamental, il est facile d'attaquer pièce
à pièce tout ce qui en est dérivé. On n'en
sent plus la liaison et la nécessité. A

14

supposer même qu'il soit possible de remonter ainsi des derniers effets aux premières causes, il faudrait, dans l'examen des détails, n'en omettre aucun ; il faudrait trouver leurs rapports réciproques et chercher avec soin tous les éléments divers qui doivent servir à fonder les raisonnements par lesquels on doit remonter aux principes ; il faudrait investir entièrement la place, et connaître tout ce qui peut y aboutir ; sans cela la science sera incomplète, on arrivera à lui trouver une fausse origine. L'on y sera même entraîné, pour avoir plus de clarté, de méthode et de précision ; à l'imitation des sciences exactes, on voudra faire d'abord des abstractions d'une foule de circonstances, afin que le raisonnement ait une marche moins embarrassée, et puis on négligera de faire rentrer une à une ces circonstances, avant de tirer des conclusions.

Ce fut ainsi, que ne voulant plus, pour établir la morale, partir du sentiment de justice et de sympathie qui vit dans l'ame de tous les hommes, et qui combat plus ou moins d'autres dispositions, on chercha à la fonder sur un fait commun à toute la nature animale, le besoin de la conservation et du bien-être, d'où dérive l'amour de son propre intérêt.

Quant à la religion, rien dans les circonstances physiques de l'homme ne pouvait y conduire; il était impossible de la rattacher par les liens du raisonnement aux idées sensuelles. On arriva bientôt à tout nier; déja l'incrédulité avait rejeté les preuves divines de la révélation, et avait abjuré les devoirs et les souvenirs chrétiens : on vit alors l'athéisme lever un front plus hardi, et proclamer que tout sentiment religieux était une rêverie et un désordre de l'esprit humain. C'est de l'é-

poque de l'Encyclopédie que datent les
écrits où cette opinion est le plus expressément professée. Ils furent peu imités.
L'impiété évita depuis l'absurdité d'un
athéisme dogmatique, et se renferma dans
une incrédulité vague. Toutefois les écrivains athées ont été plus funestes qu'on ne
le croit généralement. Ils ont puissamment
contribué à corrompre la classe vulgaire.
On retrouve souvent encore les traces de
leur influence sur l'esprit grossier des
hommes d'une condition inférieure. L'effet
a été d'autant plus grand, que les lam-
beaux de leurs livres se mêlèrent bientôt
à toutes les productions infâmes qui cir-
culent clandestinement et qui empoison-
nent la populace. L'obscénité chercha
aussi une couleur philosophique, et mêla
constamment ses turpitudes avec l'irré-
ligion.

La politique ne pouvait plus se fonder

sur les traditions historiques, sur les droits positifs, sur les antiques lois, sur les mœurs des nations ; ces considérations ne fournissaient point de base pour une science précise et universelle. La société fut regardée comme un assemblage d'individus réunis pour la défense mutuelle de leurs intérêts. Toute la théorie devait reposer sur ce premier fait, et alors on pouvait cheminer facilement dans la route de l'abstraction. On arrivait ainsi à croire qu'une même police, un même régime, étaient les meilleurs de tous, à de légères modifications près. D'abord l'on avait appelé, constitution d'un peuple, l'ensemble de ses mœurs, de ses lois, de son caractère, de toutes ses circonstances intérieures et extérieures ; de même que la constitution d'un individu se compose de toutes les circonstances qui le font vivre. Dans la nouvelle politique, la constitu-

14.

tion fut une règle textuelle déduite de la
théorie générale, pour être tout-à-coup
imposée à une nation. La manière dont ce
mot s'est trouvé insensiblement détourné
de son acception primitive, montre mieux
qu'un long détail, quelle fut la marche
du raisonnement dans la politique.

Une science nouvelle naquit alors sous
le nom d'économie politique. On rechercha quelle était la source de la richesse
des citoyens et des nations, et comment
la vie d'un peuple, et sa plus ou moins
grande prospérité, dépendent des relations pécuniaires et commerciales des individus et du pays entier. La théorie de
cette circulation de la fortune publique et
particulière, fut ingénieusement et claire-
ment établie; elle obtint un succès extraordinaire. L'Europe presque entière ac-
cueillit avec une sorte d'enthousiasme les
systèmes de bonheur public des Écono-

mistes. Les souverains honoraient hautement ces nouveaux législateurs. On partageait leurs espérances, on croyait que ces
amis des hommes allaient subjuguer, par
l'évidence de la raison, et les rois et les
peuples, et forcer, par un calcul lumi-
neux de leurs intérêts, les uns à être toujours justes, les autres à être toujours
soumis. Mais pour arriver à cette certitude
mathématique, ils avaient négligé bien des
éléments qu'il eût été nécessaire de considérer. Ils avaient bien vu que dans le
mouvement des intérêts, tout tend à un
certain équilibre; mais ils n'avaient pas
tenu compte des oscillations qui peuvent
le précéder, et ces oscillations peuvent
être d'insupportables calamités. Le temps
était aussi une donnée qu'ils ne faisaient
pas entrer dans leurs calculs; mais leur
plus grande erreur était de n'avoir compté
pour rien, dans leur science, les effets de

l'opinion et des passions humaines. Depuis on a profité de leurs travaux, en suppléant à ces omissions. La théorie a cessé d'être mathématique. Elle n'est plus une suite d'axiomes, d'où dérivent des conclusions incontestables. En devenant moins précise et moins certaine, elle a été plus applicable et plus utile. Ce n'est plus une loi qui gouverne despotiquement l'administration publique, ce sont des conseils qui la guident.

Pour les arts de l'imagination, ils furent aux yeux de la nouvelle métaphysique, non plus une manifestation des impressions intérieures de l'homme, et de l'effet que les objets ont produit sur lui, mais une imitation plus ou moins fidèle de ces objets, une collection de signes qui les représentent. L'artiste et le poète ne furent plus regardés comme des créateurs, mais comme des copistes industrieux : on oublia que leur talent tenait à peindre ce qu'ils ont senti.

Mais ce fut la grammaire et toute la science du langage qui reçurent, plus que toute autre branche des connaissances humaines, une face entièrement nouvelle. Dumarsais, marchant sur les traces de Port-Royal, avait travaillé à rattacher la grammaire d'une manière immédiate avec l'art de raisonner. Condillac et Duclos, venant après lui, en firent une dérivation de la nouvelle métaphysique. De leurs recherches, résulta une théorie du langage, claire et méthodique, qui remplaça bientôt les anciennes nomenclatures. Au lieu de rapporter toutes les langues à la langue latine, et d'adapter toutes les grammaires aux formes d'une seule, on essaya de trouver des règles générales d'où les règles particulières de chaque langue pussent facilement découler. Mais les gram-

mairiens tombèrent dans une erreur. De
même qu'on crut atteindre jusqu'à l'ame
humaine avec la science des sensations,
de même on pensa que la grammaire renfermait l'art d'écrire, c'est-à-dire, qu'elle
pouvait donner des règles aux hommes
pour se communiquer leurs impressions.

Les métaphysiciens avaient supposé
que la pensée était l'image fidèle des objets
extérieurs, et avaient presque introduit le
mécanisme dans sa formation. Les gram-
mairiens suivirent la même marche; ils
transformèrent de la même manière la
pensée en parole; regardant les mots
comme une expression invariable des idées.
Cependant le langage qui prend, à chaque
instant, une couleur et une forme différentes, suivant l'individu, et suivant l'impression qu'il éprouve; le langage qui est
redevable de tous ses effets, non pas à la
représentation des objets, mais à la pein-

ture des affections de l'ame excitées par ces objets, le langage démentait sans cesse tout le système de métaphysique et de grammaire. Alors la théorie commença à attaquer les langues elles-mêmes, et décida qu'elles n'étaient pas conformes aux principes; elle oublia qu'apparemment elles le sont à la nature de l'homme, puisqu'elles ont été formées par ses habitudes et ses besoins. Il fut proclamé que l'idiome parfait devait être un assemblage de signes, chacun attaché irrévocablement à une même idée, et liés entr'eux par des relations constantes. L'algèbre fut dite le modèle des langues. On voulut emprisonner la pensée, la circonscrire dans sa propre expression ; et comme les métaphysiciens l'avaient conçue uniforme et identique dans tous les hommes, leur grammaire ne lui faisait pas perdre beaucoup en lui prêtant un tel langage.

Sans doute l'algèbre est la plus belle des langues, dans le même sens que les sciences mathématiques sont les plus vraies des sciences. La vérité mathématique est le résultat de la comparaison et de la combinaison d'idées factices, qui ne doivent leur naissance qu'à des abstractions faites par un travail de l'esprit humain. Ainsi l'algèbre est le langage qui convient le mieux pour rechercher ce genre de vérités. Il rappellera continuellement que l'idée exprimée par un signe est telle qu'on l'a d'abord définie; cette idée abstraite sera la même pour tous, ne fera aucune impression différente de celle qu'un autre en pourrait concevoir. A l'aide de ce langage on marchera d'un pas sûr dans le raisonnement mathématique, et dans la découverte des vérités abstraites et artificielles. Mais, dès qu'il s'agira de rendre compte des impressions qui ne sont pas les mêmes pour tous, et qui diffèrent d'un instant à l'autre dans le même individu ; dès qu'on sortira de la sphère des idées mathématiques, de ces idées qu'on a rendues complètement pareilles pour chaque homme, il faudra un langage flexible qui puisse recevoir de chacun le témoignage de ce qu'il éprouve, qui puisse varier de forme et de puissance, suivant celui qui parle, pour retracer l'image de son ame et de son caractère.

Les nouveaux systêmes de grammaire conduisirent aussi à une autre manière de voir, qui résulte encore de ce qu'on regardait les idées comme des images absolues des objets, et comme identiques pour tous. Les uns avaient voulu que chaque homme fût forcé de s'exprimer comme tous, d'autres en vinrent à ne plus attacher d'importance à l'expression des idées, et aux formes du langage. Les idées, suivant eux, étant les mêmes dans tous les individus, il était indifférent qu'ils les fissent comprendre d'une manière ou d'une autre.

De là, tous les blasphêmes contre la poésie et le style; de là, cette assertion que les pensées sont tout, et l'élocution peu de chose. Oui, sans doute, elles sont tout, car il est impossible d'en séparer ce qu'on a nommé le style; il est leur production immédiate. C'est de la manière dont elles affectent l'homme que dépend la manière dont il s'exprime. Est-il fortement ému; le langage, par un penchant irrésistible, prend la forme et la couleur de ses idées, et vient communiquer aux autres hommes, comme par sympathie, une impression commune. La pensée est semblable à la fille de Jupiter, qui sortit toute armée de son cerveau. Un grand écrivain, contemporain des nouveaux grammai-

riens, vit la fausseté de leurs principes,
et leur dit avec raison : « Le style est
l'homme même. » Qui pourrait en douter,
puisqu'il nous révèle quel effet produit la
pensée sur l'homme, et conséquemment
quelle est cette pensée en lui ? Peut-être
paraîtra-t-il puéril de citer un exemple :
quand Chimène dit à Rodrigue : « Va, je
ne te hais pas; » aux yeux d'une froide
analyse, c'est lui dire sous une forme di-
verse : « Va, je t'aime. » Et pourtant si
elle prononçait ces derniers mots, elle serait une toute autre personne; elle insul-
terait aux mânes de son père; elle n'aurait
plus ni charme, ni pudeur.

Ces distinctions vaines entre la pensée
et le style, n'étaient point connues dans le
dix-septième siècle. On jugeait les sentiments et les idées, on les trouvait vrais
ou faux, bons ou mauvais : quand on était
choqué d'un discours, on ne s'en prenait

pas à sa forme, mais on remontait à la source, et on blâmait l'auteur d'avoir mal pensé. Le style, dans ce tems-là, n'était que la correction grammaticale.

Maintenant on parle du style comme de la musique d'un opéra ; et l'on entend dire qu'avec de certains artifices de style, avec des procédés bien entendus, on peut rendre neuves et originales des pensées communes. C'est prendre l'art d'écrire pour un art mécanique.

Au reste, ce ne sont pas les poètes qui ont médit de la poésie ; ce ne sont pas les écrivains d'un style animé, qui ont voulu la dessécher. Lamothe et Fontenelle avaient déja professé des opinions semblables ; ils avaient regardé la poésie comme une forme factice donnée à la pensée. La leur n'était pas une production spontanée ; elle avait été faite par travail et par industrie. Ainsi ils ont dit ce qu'ils sentaient sur la

poésie , et l'ont dit avec vérité et persuasion. On a oublié leurs vers, et leurs systèmes ont séduit quelques personnes ;
leur exemple est une nouvelle preuve.

Parmi l'école des métaphysiciens français du dix-huitième siècle, il en est un
qui, en suivant la même marche, fut animé
d'un esprit tout différent. Charles Bonnet
s'appliqua plus qu'aucun autre à développer la théorie des sensations, et à y chercher la connaissance intime de l'homme ;
mais les conclusions qu'il essaya d'en tirer,
mais l'ensemble de ses opinions, n'eurent
aucune analogie avec la tendance de Condillac et de ses disciples. Ici se montre un
exemple frappant de l'étroite liaison qui
unit les mœurs et les lettres. Un petit
peuple habitait aux portes de la France ,
parlant la même langue, lisant les mêmes
livres, rapproché par des liaisons journalières de sa métropole littéraire, l'amour

15.

des lumières, , le zèle pour les progrès de
la raison humaine, le penchant vers l'é-
tude des sciences exactes et naturelles, la
connaissance des langues étrangères, en
un mot tout le mouvement que le dix-hui-
tiéme siècle imprimait à la France; se faisait sentir peut-être avec plus de force
dans la république de Genève; mais comme
les mœurs y étaient sévères, la religion
respectée, l'action des lois constante et
régulière, les habitudes antiques et fortes,
ce mouvement ne répandait pas l'esprit de
doute et de légèreté, et n'attaquait en rien
les liens de la société: les écrivains y conservaient de la vénération pour tout ce
que les générations précédentes avaient
respecté; ils avaient quelque chose de
grave et de mesuré. La société était com-
posée d'hommes instruits et animés d'un
vif intérêt pour les lettres, mais réservés
et réfléchis dans leurs jugements et leurs
opinions.

Bonnet est parti du même point absolument que Condillac; il a supposé que l'homme est une statue, douée d'un principe inconnu, auquel il ne suppose aucune propriété particulière, mais dont toutes les facultés naissent, se forment et se développent par l'action des objets extérieurs; il a apporté dans l'histoire de cette création de l'homme par les sensations, plus de réflexion et d'impartialité qu'aucun autre métaphysicien, et s'est préservé de beaucoup d'omissions et d'erreurs de détails où Condillac était tombé: mais ce qui le distingue, c'est de s'être agité, toute sa vie, pour rattacher cette théorie à la nature morale, et aux croyances religieuses. Il était plein de zèle et d'amour pour les sciences naturelles qu'il cultivait avec succès, il s'occupait sans cesse de connaître les ressorts de l'organisation physique; mais sa persuasion intime, ses

habitudes, le cercle où il vivait, tout le
ramenait à une morale élevée, et à l'amour
de la religion. Aussi voulant honorer
l'objet de ses études, et tout ce qui occupait et charmait ses loisirs, il y cherchait
des preuves pour démontrer ce que les
autres métaphysiciens négligeaient ou attaquaient. On ne voit nulle part, aussi bien
que dans ses livres, l'impossibilité de parvenir par cette route au but où il aurait
voulu atteindre. On doit même remarquer
que, n'ayant aucune défiance de lui-même,
sûr de sa propre croyance, il s'est plus
franchement livré à faire une large part à
la nature physique ; et précisément parce
qu'il ne songeait pas à douter de l'essence
divine de l'ame, sa métaphysique semble
toucher davantage au matérialisme : si
bien que, dans un de ses derniers écrits, il
a paru convenir que toutes ses recherches
s'appliquaient, non pas à l'ame elle-même,

mais à une certaine ame physique, formée
d'une matière délicate, subtile et mysté-
rieuse, par l'intermédiaire de laquelle
l'ame, proprement dite, communique avec
le corps. Lui-même, à ce qu'on peut supposer, avait donc aperçu par où manquait toute sa métaphysique. Cette supposition, qu'on peut trouver bizarre,
d'autant qu'il s'en sert aussi pour expliquer le dogme de la résurrection corporelle, est le résultat d'une grande bonne
foi, et d'un amour sincère de la vérité,
qui n'a point déterminé d'avance le but
où il veut arriver. Dans un autre ouvrage,
la Contemplation de la nature, il s'était
livré entièrement à ses opinions religieuses, et avait voulu leur donner l'appui
des causes finales : elles sont une preuve de
sentiment, dont, sans doute, il sentait la
nullité comme argument philophique; mais
il eut besoin de répandre les impressions

que faisaient naître en lui l'étude et l'examen de la nature. Il cherchait, ainsi qu'ont toujours fait les vrais sages, à établir l'harmonie entre les occupations de son esprit et les affections de son ame.

Après avoir exposé le systême de métaphysique adopté vers le milieu du dix-huitième siècle, et son effet sur les diverses branches des connaissances humaines dont on voulait tracer alors le tableau dans l'Encyclopédie, revenons aux auteurs de cette vaste entreprise.

D'Alembert, ainsi que nous l'avons dit, a mérité une grande renommée par ses travaux mathématiques. Vivant dans un autre siècle, il se serait sans doute contenté de cette gloire; la societé où il vivait, le désir d'obtenir des succès plus populaires, l'envie de se montrer universel, firent de lui un littérateur assez froid. Quand le désir de briller est la cause pour laquelle on écrit, on se sent un égal besoin de s'occuper de toutes choses. Il n'y a que le génie qui, écrivant par la nécessité de produire, sache porter ses propres fruits. Voltaire avait essayé les sciences exactes pour être universel. D'Alembert était trop loin de la poésie pour chercher à y atteindre ; mais il fit voir que son esprit s'appliquait mal aux matières littéraires.

Il n'en était pas ainsi de Diderot, qui fut doué d'une ame ardente et désordonnée. Mais c'était un feu sans aliment, et le talent dont il a donné quelques indices, n'a reçu aucune application entière. S'il eût embrassé une carrière unique, si son esprit bouillant eût marché dans un sens déterminé, au lieu d'errer dans tout le chaos d'opinions contraires, que cette époque voyait ou naître ou se détruire, Diderot aurait laissé une réputation durable, et maintenant, au lieu de répéter

seulement son nom, on parlerait de ses
ouvrages. Mais sans connaissances profondes sur aucune chose, sans persuasion
arrêtée, sans respect pour aucune idée
reçue, pour aucun sentiment, il erra dans
le vague, en y faisant parfois briller quelques éclairs. Un caractère tel que le sien
a tout perdu, en adoptant la philosophie à
laquelle il s'attacha.

Il essaya de renouveler le théâtre, et
protesta contre les règles établies. Il ré-
clama une imitation plus exacte de la nature. Il montra qu'il était en effet susceptible de la connaître et de la peindre; mais
la prétention d'être chef d'une nouvelle
école dramatique et moraliste dogmatique,
le fit tomber dans l'affectation et dans les
déclamations les plus ampoulées. Ainsi il
s'écarta de la nature bien plus que ceux
contre lesquels il s'était élevé. Il écrivit
sur la morale; et tout en faisant voir qu'il

était capable de chaleur et d'élévation, il fit un mélange obscur et incohérent de ce style animé avec une philosophie analytique et destructive. Ses romans présentent aussi le burlesque assemblage de je ne sais quel amour de la vertu, mêlé avec le plus honteux cynisme, et d'une chaleur quelquefois vraie et profonde avec des paroles grossières et ignobles. Au total, Diderot fut un écrivain funeste à la littérature comme à la morale. Il devint le modèle de ces hommes froids et vides, qui apprirent à son école comme on pouvait se battre les flancs pour se donner de la verve dans les mots, sans avoir un foyer intérieur de pensée et de sentiment.

Le disciple le plus fidèle des philosophes de ce temps, fut Helvétius. Une vaine persécution donna à son livre une célébrité qu'il n'aurait pas eue sans cette circonstance. Il avait voulu réunir en un

systéme les principes qu'il entendait professer autour de lui; mais sa tête n'était ni
assez vaste, ni assez forte pour accomplir
un semblable projet. Il est probable que,
dans la société où il vivait, on devait entendre chaque jour des opinions contradictoires, légèrement hasardées, sans but,
sans ensemble, modifiées sans cesse par
chaque circonstance, par chaque impression du moment. Au fond, c'était bien
toujours la même direction, mais les assertions devaient varier beaucoup dans leur
forme. L'Esprit est un livre composé avec
ces conversations; singuliers matériaux
pour un ouvrage philosophique. Aussi
paraît-il que les amis d'Helvétius ne son-
geaient pas à faire une réputation à l'œuvre
de leur disciple. Mais il fut attaqué; ils le
défendirent.

Helvétius, conformément aux nouvelles
idées, établit toute sa doctrine sur cette

base : que la sensibilité physique est la cause productrice de toutes nos pensées. De tous les écrivains qui ont embrassé cette opinion, nul ne l'a présentée d'une manière aussi grossière. Quand on veut faire dépendre l'homme de son organisation, encore faut-il avoir fait quelques recherches sur cette organisation ; quand on veut que juger soit sentir, et que la pensée ne soit pas autre chose que le dernier degré de la sensation, encore faut-il essayer de connaître et d'exposer la marche de cette sensation. M. Cabanis a refait toute cette portion du livre d'Helvétius, et il a approfondi ce que son prédécesseur avait à peine soupçonné. Il était trop savant pour voir, dans tous les gros rouages de l'organisation physique, les facultés morales qui distinguent l'homme; il a poussé ses recherches plus avant, et a voulu reconnaître ces facultés dans les ressorts les plus fins, et pour ainsi dire les plus mystérieux de la nature physique. Son habileté n'a servi qu'à faire voir encore mieux combien l'essence de la nature morale est étrangère aux lois qui peuvent régir la matière. Quelque vif que fût son désir de rattacher le moral au physique, il n'a pu approcher du but où il tendait; et il a eu assez peu de philosophie pour se montrer amoureux de cette opinion, qu'il ne pouvait parvenir à démontrer.

Quand on ne veut reconnaître dans l'homme, que l'homme physique, il est difficile que la morale ne soit pas réduite à devenir la science du bien-être. Il est possible qu'un calcul bien entendu de ce bien-être conduise à la vertu. Le plus simple bon sens suffit pour s'apercevoir que cette route n'est ni la plus noble, ni la plus certaine. Mais, pour dire vrai, Helvétius, qui était un homme juste, probe et bienfaisant, était loin de vouloir détruire la vertu. Il comptait, au contraire, l'établir sur une base solide, et s'imaginait que, quand il aurait démontré que c'est l'amour de soi qui rend vertueux, il aurait rendu un grand service à la morale. Il importe peu, selon lui, que je sauve la vie de mon ami aux dépens de la mienne par amour de moi ou par amour de cet ami : Helvétius ne nie pas, qu'il existe en moi un sentiment subit et involontaire qui me porte à cette action ; il ne nie pas que, ce sentiment étant dans le cœur de presque tous les hommes, ils admireront cette action. Ainsi il n'a rien changé dans le fond des choses, il n'a élevé qu'une querelle de mots. Il s'est imposé la tâche de montrer que le sacrifice de soi et l'amour de soi peuvent être la même chose, quoiqu'ils paraissent s'exclure par leur appellation. Mais pourtant il faut

16.

songer, qu'en maniant les mots et en dé-
naturant leur signification, on peut amener les plus funestes résultats. Il y a tant de
gens pour qui les mots sont tout, dont
les sentiments reposent sur cette seule
base, qu'il faut bien se garder de l'ébranler. Vous leur dites que l'homme doit agir
par amour de soi, et vous ajoutez que la
vertu est une suite de cet amour. Il ne
comprendront pas que toute votre doctrine est appuyée sur ce que l'amour de
soi, qui, pour tout le monde, est la pré-
férence de soi aux autres, ne veut plus
dire cela pour vous. Car c'est à cela que se
réduit toute la philosophie d'Helvétius.
Les hommes du vulgaire, conservant au
mot *amour de soi* son ancien sens, trou-
veront qu'il s'accorde mal avec la vertu,
et deviendront vicieux. Il se pourrait
même que ceux qui ont ainsi bouleversé
le dictionnaire, oubliassent souvent le

changement qu'ils y ont fait. Épicure fut un des plus rigides philosophes, et ses disciples furent d'abord plus austères que les Stoïciens. Il avait dit que c'était la volupté qu'on devait chercher dans la vertu. Peu d'années après, les pourceaux d'Épicure s'autorisaient de son nom pour oublier la vertu dans la volupté.

La plupart de ces philosophes, que quelques personnes affectent de vouloir flétrir, étaient, ainsi qu'Helvétius, doués de plus d'une vertu. Ils étaient désintéressés, bienfaisants; ils désiraient le bien de leur pays et de l'humanité. Ils n'eussent pas sacrifié leurs opinions pour le vil appât du gain. Plusieurs d'entre eux furent insensibles à la faveur des rois, et préférèrent une vie indépendante. Mais ils étaient accessibles à toutes les séductions de la vanité; leur cœur n'était fermé ni à la haine, ni à la jalousie. La contradiction les irri-

tait, et la moindre gêne leur semblait tyrannie. Quand on fait de l'orgueil la base
de sa vertu, qu'on se croit dégagé des
règles qui gouvernent les hommes, on ne
suit pas une route certaine. Celui qui se
fait sa propre conscience ne saurait être
vertueux d'une manière assurée. Ses passions peuvent l'entraîner, sans qu'il perde
cette bonne opinion de lui-même, première source de ses erreurs. L'orgueil n'est
pas un méprisable conseiller, comme l'intérêt personnel; mais il entraîne facilement
dans les fautes. C'est de là que vient l'a-
vantage de la religion sur la morale humaine.

Tel fut à-peu-près le caractère et la
conduite des littérateurs de cette époque.
Les opinions qu'ils ont développées peuvent être blâmées; mais il ne faut pas être
injuste envers leur personne. S'ils se sont
égarés dans leurs livres, du moins leurs

actions n'ont-elles rien d'assez condamnables pour devenir le prétexte des déclamations vides de sens, que l'on entend souvent répéter contre la philosophie du dix-huitième siècle. Suivant ces rigides accusateurs, cette philosophie serait une sorte de conspiration ourdie avec suite et perversité, pour détruire les lois religieuses et politiques. Ils en parlent toujours en ce sens, et les uns, avec mauvaise foi, les autres sans examen, répètent que la secte philosophique est parvenue au but désastreux qu'elle se proposait. Il convient de rechercher jusqu'à quel point tous ces mots de secte, de doctrine, de système, et même de philosophie, sont applicables à la circonstance.

Autrefois, le nom de philosophe appartenait à des hommes austères qui, épris d'une forte passion pour la vérité, dévouaient leur vie à la chercher. Rien ne

leur coûtait pour arriver à ce résultat.
Leur temps était consacré à acquérir la
science. Ils allaient aux contrées les plus
reculées, à travers les fatigues et les périls,
pour consulter les traditions des anciens
sages. Ils vivaient au milieu de peuples,
dont les mœurs étaient sévères, et s'y faisaient remarquer par un caractère plus sévère encore. Leurs méditations étaient
continuelles, et la fréquentation du vulgaire ne faisait pas évaporer des réflexions
à demi formées. Dans leur ame, ainsi
agrandie par l'étude, la retraite et le travail de la pensée, se formaient de vastes
systèmes conçus avec ensemble et développés avec éloquence. Une telle philosophie ne pouvait avoir pour but de détruire. Le vide qui résulte du défaut de
croyance, accable les esprits sérieux et
méditatifs; ils éprouvent un vif besoin
de remplacer ce qui a disparu à leurs

yeux, par quelque autre édifice plus conforme à l'ordre de leurs pensées. Avoir
un abîme ouvert devant soi, n'est indifférent qu'à ceux qui ne regardent pas.

Le caractère et les habitudes des philosophes anciens leur donnaient une grande
autorité parmi les peuples ; ils étaient au
milieu des hommes comme des êtres extraordinaires qui, par la puissance de la
pensée, s'étaient élevés au-dessus de tous.
Des disciples nombreux se pressaient sur
leurs pas, et, de même que le maître avait
consacré sa vie à rechercher la vérité, les
disciples consacraient la leur à étudier, à
recueillir, à répandre les paroles du maître.
Cette nécessité d'enseigner ses opinions,
d'une manière directe et positive, contribuait encore à donner aux philosophies
antiques cette unité de principes liés entre eux, cette tendance vers un centre bien
déterminé. Ainsi se formaient des corps

de doctrine construits avec conséquence et méthode, et textuellement exposés. On peut les juger, les comparer, les discuter. Ils offrent à l'esprit matière à réfléchir long-temps, et même, en les rejetant, ils laissent admirer l'imagination forte et ingénieuse qui les a créés. Communément, on les considère comme des rêves brillans. A y bien regarder, ils ont plus de profondeur qu'on ne pense. Ce qu'ils peuvent présenter de bizarre, vient le plus souvent de difficultés réelles qu'on a voulu vaincre, et que des observateurs légers n'ont pas même aperçues.

Dans les temps modernes, les philosophes eurent un rôle moins grand; ils n'occupaient aucun rang parmi les hommes, et n'exerçaient aucune autorité sur eux. Ce genre d'influence passa, en acquérant une force bien plus puissante, aux mains de ceux qui s'illustraient dans la science de la religion. A proprement parler, il n'y eut plus de secte philosophique; on ne vit plus que des sectes religieuses. Cette séparation de la science divine et de la science humaine, rabaissa beaucoup la philosophie. Dans l'antiquité, le culte des païens ne pouvait satisfaire les besoins des sages. Tout brillant qu'il était pour l'imagination, il n'avait rien qui pût pénétrer au fond de l'ame, qui pût s'accorder avec les réflexions d'un esprit vaste et profond. Il n'était pas assez métaphysique. La haute philosophie chercha à suppléer au vide d'une religion imparfaite. Tantôt elle voulut la forcer de se prêter à des interprétations subtiles; tantôt elle parut impie, parce qu'elle se voyait obligée de rejeter, en partie, un culte qui ne pouvait s'accommoder à ses abstractions. Enfin, quand la religion chrétienne parut sur terre, elle trouva le paganisme croulant de toutes parts. Elle arriva au secours du vulgaire, qui ne respectait plus des dogmes décriés, et que les malheurs du monde rendaient cependant avide de consolations religieuses; et au secours aussi des hommes sages et instruits, qui se perdaient dans les nuages de la philosophie, y cherchant vainement l'aliment nécessaire à leur ame. Le christianisme hérita en grande partie de la philosophie antique, et c'est là qu'on en peut rechercher les derniers vestiges, ennoblis et divinisés.

Lorsqu'après la renaissance des lettres, la philosophie recommença à se montrer, elle prit une nouvelle direction. La religion qui, aux yeux des simples, sait offrir des apparences qui ne sont pas au-dessus de leur portée; qui se prête aux besoins habituels de la vie; dont les dogmes et le culte s'emparent de l'imagination, des sens, des actions, sait aussi s'élever avec les esprits amoureux des choses abstraites et générales. Elle se montre positive pour satisfaire le cœur par des pratiques journalières, et idéale pour les ames préoccupées d'une sublime curiosité. Ainsi la philosophie humaine se vit réduite à rechercher les principes des choses, sans essayer de les rattacher à la cause première et universelle. Toutes les questions fondamentales, celles où l'on retombe sans cesse en approfondissant, passèrent dans le domaine de la religion. La philosophie s'occupa à guider la marche des sciences, à perfectionner le raisonnement humain, à connaître les diverses facultés de l'homme et à en diriger l'emploi.

Comme le mouvement qui avait developpé les esprits était dû, en grande partie, aux livres des anciens, l'érudition devint le fondement de toute espèce de culture. Le premier devoir des philoso-

phes, comme de tous les autres écrivains,
fut de connaître et de comparer entre eux
tous ceux qui, jadis, les avaient précédés
dans la carrière. Ainsi l'étude et les mœurs
des peuples, comme nous l'avons déja
remarqué, leur imposaient une vie grave
et retirée. Elle n'avait rien de solennel,
comme celle des philosophes de la Grèce.
Mais elle était, de même, préservée des
distractions et du contact de la foule. La
France présente moins que les autres nations européennes, ce nouveau caractère
de philosophie. Montaigne en diffère complètement. Descartes et ses disciples ont
suivi une route plus élevée. Leurs travaux
ont plus de rapport avec la philosophie
antique.

Mais le dix-huitième siècle offrit en
France un tableau qui ne ressemble en
rien à celui que nous venons de voir. Ce
ne sont plus des hommes sérieux, érudits,

nourris de réflexions et d'étude, cherchant un point de vue général, procédant avec méthode, s'efforçant de former un système dont toutes les parties soient bien coordonnées. Ce sont des écrivains vivant au milieu d'une société frivole, animés de son esprit, organes de ses opinions ; excitant et partageant un enthousiasme qui s'appliquait à la fois aux choses les plus futiles et aux objets les plus sérieux ; jugeant de tout avec facilité, conformément à des impressions rapides et momentanées ; s'enquérant peu des questions qui avaient été autrefois débattues ; dédaigneux du passé et de l'érudition ; enclins à un doute léger, qui n'était point l'indécision philosophique, mais bien plutôt un parti pris d'avance de ne point croire. Enfin, le nom de philosophe ne fut jamais accordé à meilleur marché. Lorsqu'on reproche aux auteurs de cette époque d'avoir sou-

tenu un système et des principes destruc-
teurs, on les calomnie sous un rapport;
sous un autre, on leur donne un éloge
qu'ils n'ont pas mérité. On peut combattre
avec indignation Hobbes ou Spinosa. Ils
ont un but direct, une intention marquée;
ils se présentent avec des armes dans la
carrière; ils offrent prise : on sait à qui
l'on a affaire. Mais la philosophie du dix-
huitième siècle, puisqu'on a adopté ce
nom, ne pourra jamais former une doctrine textuelle; on ne pourra jamais être
reçu à citer un écrivain, pour prouver que
cette philosophie avait un projet certain et
des principes reconnus. Tous ces littérateurs n'avaient aucun accord entre eux. Ils
avaient même si peu l'idée d'un résultat
quelconque, qu'à les prendre chacun en
particulier, il n'en est pas un qui ne se
soit contredit sans cesse. Leur vanité, leur
amour du succès les empêchaient, plus en-

core que le genre de leurs études, de former une secte. Nul ne se sentait ni respect, ni déférence pour un autre ; nul ne se serait avoué à lui-même son infériorité. Ce zèle pour la vérité, cet enthousiasme pour le génie, tous ces sentiments désintéressés qui font les sectes et les partis, n'étaient plus de ce temps-là. Quelle différence entre Voltaire trafiquant de louanges avec tous les écrivains de son siècle, et un vénérable philosophe environné de disciples avides de ses paroles et admirateurs de ses vertus, régnant sur eux par le pouvoir du discours et de l'exemple !

La philosophie du dix-huitième siècle est donc un esprit universel de la nation, qui se retrouve dans les écrivains. C'est un témoignage écrit de la tendance et des opinions des contemporains. Il y a, dans tous les temps, une liaison nécessaire entre la littérature et l'état de la société ; mais quelquefois ces rapports demandent à être recherchés avec sagacité, et développés soigneusement, pour être rendus sensibles et évidents. Ici, ils sont tellement directs et immédiats, qu'il n'est pas besoin d'une observation subtile pour les démêler. Les livres n'ont pas seulement reçu l'influence du public; ils ont, pour ainsi dire, été écrits sous sa dictée. On vit même des hommes, dont les talents semblaient annoncer une carrière illustre, dissiper leur vie et leurs facultés à obtenir chaque jour les succès séduisants de la conversation; et bornant à cet emploi la vivacité d'une belle imagination, ne laisser aucun résultat après eux : tant était absolue la domination de la société sur les littérateurs! Aussi le caractère de cette philosophie ne se montre pas tant dans les opinions qui ont été professées, que dans la manière dont elles l'ont été. Conformément à cette idée, nous nous sommes plus occupés de chercher l'esprit général des écrivains, que d'entrer dans le détail de leurs ouvrages.

Toutefois, en montrant que les auteurs, loin de diriger le mouvement des mœurs et l'esprit de société, y obéissaient au contraire, on ne les excuse pas entièrement. Qu'un homme ordinaire, dont l'emploi n'est pas de réfléchir et d'observer, laisse divaguer au hasard ses opinions et ses jugements, qu'il se livre à chacune de ses impressions fugitives; c'est un malheur, sans doute : il vaudrait mieux, pour le bonheur d'une nation, qu'il y régnât un esprit plus réservé, même quand on y devrait perdre un peu de grâce et de facilité. Mais enfin il y a un cours général des idées, auquel le vulgaire est entraîné sans pouvoir y résister, ni seulement s'en apercevoir. Des devoirs plus difficiles sont

prescrits à celui qui a reçu de la nature le
noble don du talent, qui recherche la
gloire d'imposer à ses semblables sa propre
pensée : il ne doit plus s'abandonner à la
mobilité ; il doit, avec maturité et conscience, examiner ses opinions, avant de
les répandre ; il doit ne plus rechercher
les frivoles succès de la mode. L'étude et
la méditation doivent le préserver de la
contagion des vices du temps, et loin de
les flatter, il faut qu'il les combatte. Il est
comptable de son talent, comme un magistrat de son autorité. Le simple citoyen,
dont personne ne dépend, dont l'exemple
n'est pas contagieux, dont les paroles sont
peu écoutées, satisfait librement ses goûts
et ses penchants, tandis que le magistrat
est esclave du pouvoir qui lui est confié,
et vit d'une manière grave et rigide, en
songeant qu'il n'est plus responsable pour
lui seul.

Pour mieux apercevoir comment alors le caractère des littérateurs était indépendant des nuances diverses de leurs opinions, et se rapportait plutôt à un ordre universel des choses, nous pourrons citer Duclos, qui ne fit pas cause commune avec ceux dont nous avons parlé, et qui, plus d'une fois, affecta de l'éloignement pour leurs principes. Ne retrouve-t-on pas en lui cet esprit de vanité et d'indépendance; ce dédain pour les puissants et les riches, tout en les recherchant sans cesse; cette alliance du cynisme et de la morale; cette prétention d'apporter de la philosophie dans les moindres choses, et de considérer des contes de fées et des romans, non plus comme un simple amusement, mais comme un véhicule de lumières et de raison? Tout cela ne lui est-il pas commun avec ceux qu'il n'approuvait pas? tout cela n'est-il pas parfaitement assorti au temps où il vivait? On pourrait faire les mêmes remarques sur les hommes qui se sont montrés encore plus opposés au parti philosophique.

A le considérer comme écrivain, Duclos se rapproche aussi beaucoup de ses contemporains. Son talent porte un caractère de froideur, d'examen et même de sécheresse. Dans ses histoires et dans son Voyage en Italie, ce caractère est un défaut; mais les Considérations sur les Mœurs étant un ouvrage entièrement conçu dans cet esprit, il en complète l'ensemble : ce n'est pas un livre de morale profonde et générale; il ne sonde pas dans les replis du cœur de l'homme; mais il n'est guère possible de mieux connaître et de mieux peindre toutes les nuances de l'esprit de société, de mieux caractériser leurs causes et leurs effets immédiats. C'est un tableau spirituel de l'écorce superficielle dont les habitudes du

monde revêtent les hommes. Il règne surtout dans cet ouvrage une clarté et une
précision remarquables. On conçoit toujours toute la pensée de l'auteur, rarement on peut en contester la vérité. Cet
avantage résulte d'un grand talent de définition; Duclos commence par établir ce
que signifient les mots qu'il emploie, ou du
moins ce qu'il veut leur faire signifier.
Ainsi il fait toujours apercevoir les bornes
qu'il impose à ses pensées; on voit avec
évidence jusqu'où s'étend son raisonnement, et on n'est pas tenté d'en nier le résultat. Les discussions viennent ordinaire-
ment de ce qu'on n'attache pas le même
sens au même mot; quand on a fait comprendre sa pensée, on trouve peu de con-
tradicteurs. Il ne s'agit que de transporter
les autres au point où l'on est placé pour
envisager les choses; alors ils partagent ou
du moins conçoivent les mêmes impressions

18

L'abbé de Mably n'eut pas seulement, comme Duclos, de la réserve envers les chefs de la nouvelle école de philosophie ; il montra même de la répugnance pour eux, et ne fit aucun cas de leurs opinions et de leurs systèmes. Pourtant il leur ressemblait plus qu'il ne le pensait ; prenant en apparence une autre route, il concourait de toutes ses forces au même résultat.

Il s'occupa, toute sa vie, avec plus de suite et de gravité que les autres écrivains, de la politique, et de la morale dans les rapports qu'elle peut avoir avec l'ordre public. Loin de s'applaudir, comme tous les autres, du progrès des idées, et de s'enorgueillir du temps présent, il montra constamment du dédain pour les mœurs du siècle et pour le caractère des nations et des hommes ; il s'indigna du désordre et de la frivolité qui régnaient autour de lui ; son estime se porta sur les souvenirs de l'antiquité. L'abbé de Mably ne rendit justice à rien de ce qui appartenait aux temps modernes ; ni la religion, ni le gouvernement, ni la gloire, ni les annales de la France et des nations européennes, ne lui parurent mériter un regard. Il ne sut pas se reporter aux temps reculés, où toutes ces choses avaient pu imprimer du respect et de l'affection. Il semble que sa haine pour l'ordre actuel ne pouvait pardonner même à la première origine d'où cet ordre était dérivé. Ses livres étaient bien moins une louange de l'antiquité, qu'une attaque contre ce qui existait ; ils inspiraient moins la vénération pour les institutions anciennes, que le mépris pour les institutions modernes. Un ton morose et hostile ne saurait faire naître l'admiration. D'ailleurs, ce qu'il vantait d'une manière exclusive, n'ayant aucun rapport, aucune parenté avec nous, n'aurait pu in-

spirer que des sentiments froids, et pour
ainsi dire abstraits. L'abbé de Mably sui-
vait donc, ainsi que les autres écrivains,
une marche destructive, et contribuait,
sans le savoir, à affaiblir les liens déjà usés
qui unissaient encore les membres d'une
vieille société.

On aperçoit surtout ce caractère dans
les Observations sur l'Histoire de France :
l'abbé de Mably se refuse à entrer dans
l'esprit de nos anciennes mœurs, et de
nos formes de gouvernement ; ce n'est pas
assurément par défaut de savoir et de réflexion, ce serait plutôt par l'effet d'une
prévention aveugle ; mais enfin l'auteur
ne semble pas comprendre l'histoire de sa
patrie. Il est un des premiers qui ait élevé
la voix pour déclamer contre les souvenirs français, qui ait accoutumé nos oreil-
les à entendre taxer de barbarie, de despotisme ou d'anarchie, des institutions

nécessaires dans leur temps, et qui se modifiant successivement , ont donné à la France, pendant la durée des siècles, quelquefois le bonheur, toujours la gloire. Il n'a pas su voir tout ce que le caractère national a pu présenter de noble et d'honorable durant les anciens temps ; et parce que les compagnons de saint Louis avaient eu pour descendans les courtisans de Louis XV, il a cru ne pouvoir rien trouver d'admirable qu'à Rome ou dans la Grèce.

Ce que nous avons dit de l'effet que produisirent sur les lettres , au seizième siècle , la connaissance et l'imitation des livres de l'antiquité , s'appliquera de même à la politique et à l'histoire. Le gouvernement et les mœurs des Grecs et des Romains devinrent classiques comme leurs poésies. Le droit romain et toutes ses maximes de pouvoir absolu, avait

18.

dejà pris peu-à-peu la place du droit public des libres nations d'origine germanique. L'enfance apprit à balbutier les noms d'Epaminondas et de Caton, long-temps avant qu'on songeât à lui parler de Duguesclin et de Bayard. Il était libre à chacun de trouver grande et poétique la guerre de Troie, mais admirer les Croisades eût été une chose inouie. On gravait dans sa mémoire tous les vers de Virgile, mais le goût interdisait de se complaire au clinquant du Tasse.

De cette sorte, on se trouva peu-à-peu isolé de l'histoire du pays; la tradition des souvenirs fut dédaignée et interrompue. Les magistrats seuls que leurs devoirs et leurs occupations attachaient à cette science, continuèrent à se pénétrer de son esprit. Quelques érudits dirigèrent leurs recherches de ce côté; mais les études classiques, et les opinions de la so-

ciété, ne se rapportaient en rien à ce genre
de travaux. Aussi, quand ensuite on voulut s'occuper des matières de politique,
on ne trouva plus de base certaine, et il
fallut proposer des doctrines, au lieu de
se laisser guider par les habitudes et l'expérience. Quelques auteurs pensèrent avec
raison et prudence, qu'il fallait aller rechercher ses autorités dans les fastes de la
nation, la rappeler autant qu'il était possible dans les voies où elle avait marché,
lui faire connaître les droits qu'elle avait
eus et les devoirs qu'elle avait remplis autrefois. Les vestiges de toutes ces choses
étaient bien effacés, mais enfin c'étaient des
élémens réels et positifs, qui pouvaient
servir à une recomposition. C'est en ce
sens que Fénélon, tout admirateur qu'il
était de l'antiquité, parla toujours de la
politique française. Montesquieu suivit expressément cette direction. Nous avons

dit que Daniel avait aussi cherché dans l'histoire les preuves de ses opinions. A la même époque, Boulainvilliers s'était consacré tout entier à rechercher l'esprit et le détail de nos institutions. Aucun auteur n'a apporté plus de lumières et de science dans ce travail ; aucun n'est plus utile pour éclaircir l'étude trop négligée de l'ancien droit public français. L'abbé Dubos adopta un système opposé à celui de Boulainvilliers ; il eut moins de zèle et d'érudition.

Mais les circonstances étaient peu favorables pour multiplier ce genre de recherches et d'études ; elles n'étaient pas en accord avec les idées habituelles de la société. Les formes du gouvernement rendaient aussi cette science oiseuse et inapplicable. A la suite des longs déchiremens de la France, l'ordre s'était rétabli, mais rien n'avait été réglé ; tout était incertain,

quoique tout fût en repos. Aucune classe
de citoyens, aucune autorité ne savait au
juste ni ses prérogatives, ni ses obligations; il ne se formait aucune habitude,
parce qu'il n'y avait rien de fixe, ni d'assuré. Dans cette incertitude, la plupart de
ceux qui s'occupaient de politique, étaient
portés à raisonner d'une manière générale,
à chercher les principes primordiaux de
toute espèce de société; ils trouvaient plus
simple de construire un édifice tout nouveau, en détruisant les restes des vieux
fondemens : ainsi les uns se perdaient
dans une politique vaine et abstraite; les
autres, tels que Mably, nourris de l'histoire de l'antiquité, tendaient à introduire
parmi nous des formes qui, nous étant
étrangères, étaient aussi éloignées de la
réalité que les systêmes des premiers. On
retrouve, ce semble, dans cette double
école de politique, l'esprit qui s'est mon-

tré au commencement de la révolution, dès qu'on a entamé la discussion des matières de gouvernement.

Mais si l'abbé de Mably a exercé sur le vulgaire une fâcheuse influence, c'est bien certainement contre son gré : jamais il n'a désiré que l'on modelât les constitutions européennes sur les républiques anciennes. Sans cesse il a répété que ce changement n'était ni possible, ni raisonnable. Il ne croyait pas que les nations fussent dignes de cette épreuve. Nul écrivain n'a eu plus que lui le don de prévoir ce qui pourrait résulter du mouvement des peuples ; il ne partageait pas les espérances légères des philosophes de son temps, qui ne voyaient dans l'avenir prochain que liberté, bonheur, lumières et perfectionnement. Eclairé par le mépris profond qu'il avait pour ses contemporains, il a su prédire une grande partie de nos malheurs.

Bien au-dessus de ceux que nous venons de nommer, et sans marcher sous aucune de leurs bannières, brillait Rousseau. Si, parmi les écrivains illustres de ce siècle, il en est un qui ait eu une influence particulière, et qui ne se soit pas asservi à suivre le mouvement commun, c'est sans doute Rousseau qui a obtenu cet honneur. Formé dans le malheur et dans la solitude, nourri de longues méditations et de chagrins secrets, il est, à ce qu'il semble, de tous les littérateurs contemporains, celui qui porte le plus un caractère distinct et natif. Tandis que les autres recevaient toutes les influences de la société, participaient aux mœurs et aux opinions répandues dans le public, s'efforçaient de lui plaire en se conformant à son esprit ; Rousseau ressentait tous ces effets d'une autre manière. Leur action s'exerçait sur lui, comme un poids qui l'oppressait sans l'entraîner. Son talent, au milieu de telles circonstances, en contracta quelque chose de plus individuel, et conséquemment de plus profond et de plus persuasif. Aussi sa gloire a-t-elle été plus grande et plus flatteuse. Les autres sont parvenus à plaire, Rousseau a excité l'enthousiasme; et ce qui honore à-la-fois l'écrivain et ses admirateurs, c'est qu'un tel succès est dû en partie à des opinions plus nobles, à un langage rempli de plus de force, d'enthousiasme et d'émotion. La philosophie, dans la bouche de Rousseau, retrouva les armes dont on voulait alors la dépouiller, l'éloquence et le sentiment.

Mais, il en faut convenir, cette philosophie renfermait mille germes dangereux. Peut-être a-t-elle été plus nuisible que celle des autres écrivains. Sans famille, sans amis, sans patrie, errant de pays en pays, de condition en condition, opprimé par tout l'ensemble d'un monde où il n'était pour rien, Rousseau conçut un esprit de révolte, une fierté intérieure qui s'exaltèrent jusqu'au délire. La vanité des autres auteurs était toute extérieure. La sienne qui, pendant long-temps, n'avait reçu aucune jouissance venant du dehors, s'était réfugiée au plus profond de son âme, pour y troubler son bonheur, et ne lui donner jamais de relâche. Rien ne le pouvait satisfaire ; sans bienveillance pour les hommes, tout ce qui venait d'eux ne pouvait l'adoucir ; il était de ces esprits, dont l'orgueil est tellement insatiable, qu'au besoin ils s'indigneraient d'être hommes, s'imaginant que la nature leur doit plus qu'aux autres. Tout dans la société blesse de tels caractères ; ils ne savent se soumettre à rien, pas même à la force des

19

choses. La nécessité non-seulement les afflige, mais les humilie.

C'est dans une disposition pareille que
Rousseau a puisé son talent, ses opinions
et ses fautes ; c'est pour avoir vécu étranger au milieu de la société, nous dirons
même de l'humanité, que tout en ressen-
tant avec enthousiasme l'amour de la vertu
et de la justice, tout en voulant y exciter
les autres, il a ébranlé ce qui sert de
base à la vertu et à la justice ; le sentiment
du devoir. C'est là, à ce qu'il nous paraît,
le vice de sa philosophie. Isolé parmi le
monde, il n'avait jamais senti les devoirs
que comme une chaîne ; il avait toujours
trouvé que son propre mouvement le
portait par-delà la place qui lui était assignée ; il n'avait pu voir, malheureux
qu'il était, que le devoir, loin d'être une
barrière aux sentiments de l'homme, est
au contraire leur application bien dirigée.

Il en est, à cet égard, comme pour toutes les prérogatives dont l'homme semble avoir été doué par la nature. Afin de pouvoir vivre en société, il en sacrifie une portion, pour que la tranquille jouissance de l'autre portion lui soit assurée. Il avait droit à la possession de la terre entière, mais chacun pouvait combattre l'exercice de ce droit. Alors il s'est résigné à en posséder une faible part, où personne ne pût venir le troubler. De même ses affections pouvaient embrasser tous les objets de la nature; mais elles n'auraient rien de fixe ni d'assuré. La société, en donnant à l'homme des liens de famille et de patrie, des mœurs, des lois, a restreint ses affections; mais aussi elle les protège, et dispose tout, autour d'elles afin qu'elles puissent avoir un libre cours. Retenues dans le juste et dans l'honnête, elles ne blessent personne, et nul ne doit les attaquer. Par un retour nécessaire, si l'on vient, au contraire, à porter ses sentiments hors des limites imposées par la société, elle se venge d'autant plus cruellement qu'elle est mieux réglée. Elle tourmente sans cesse ceux qui ont enfreint l'ordre général, et leur fait sentir de mille manières qu'ils ont rompu l'équilibre établi. Alors ils s'écrient contre les devoirs imposés par la société; ils les accusent d'étouffer les sentiments naturels, et ne s'aperçoivent pas que les devoirs ne sont autre chose que des sentiments permis et consacrés.

Pour Rousseau, jamais l'accomplissement du devoir n'avait été la source d'aucune jouissance; il n'avait pu y trouver l'emploi d'une âme ardente et sensible. Toujours il s'était rencontré dans une position fausse, où ses sentiments étaient déplacés; aussi accusa-t-il de ses malheurs les institutions humaines. Au fond de son

cœur, il les accusait sans doute aussi de
ses fautes; et il nourrissait ainsi un sentiment d'aigreur et d'hostilité contre la société, où son caractère et les circonstances,
l'avaient empêché de prendre une place
convenable.

Il voulut donc faire marcher l'homme à
la vertu, non par respect pour les devoirs,
mais par un élan libre et passionné; il
voulut qu'il en suivît la route avec orgueil
et indépendance. Une telle route est mal
sûre, il en est peu qui ne s'y égarent.
Rousseau nous a donné sa vie en exemple.
Elle fut remplie d'erreurs et de fautes; et
nul n'a professé la vertu avec plus de chaleur et d'enthousiasme. Quand une fois
on n'a pas soumis sa conduite aux règles
prescrites, c'est en vain que l'imagination
est inflammée de zèle pour tout ce qui est
noble et honnête, on n'en est pas plus
vertueux. C'est une chose particulière aux

temps civilisés que ces caractères nourris d'illusions, qui, en s'isolant des circonstances réelles, vivent dans les sentiments les plus sublimes. Leur tête est exaltée, ils ressentent avec une merveilleuse vivacité la passion du bien; leur imagination ne voit rien que de pur, ne connaît rien de mauvais. Mais ils ont dédaigné les voies tracées, n'ont point regardé le devoir comme sacré, et ils marchent d'erreurs en erreurs, sans même les apercevoir. Comme en eux-mêmes ils éprouvent les mouvement les plus vertueux avec une force extrême, il ne peuvent se croire coupables. Les sentiments leur paraissent avoir plus de réalité que les actions. Rousseau, au milieu de sa vie impure, se croyait le plus vertueux des hommes; il voulait se présenter devant le tribunal de Dieu ses livres à la main, et pensait qu'on trouverait dans leurs pages de quoi compenser toutes ses fautes.

Cette disposition influe sensiblément sur la nature du talent. L'homme dont la vie marche d'accord avec ses sentiments ; les exprime simplement et sans efforts ; il y a dans ses paroles, tant élevées qu'elles puissent être, quelque chose d'assuré et de positif qui pénètre et qui entraîne. Celui dont la vertu n'existe que dans l'imagination s'échauffe davantage ; il s'enivre de ses paroles, et s'y attache d'autant plus que c'est son seul bien ; il ne manque pas de vérité, ce sont bien des sentiments sincères qu'il exprime ; c'est bien son âme qui révèle son émotion à la nôtre. Il nous persuade, il nous remue ; cependant nous entrevoyons, sans nous en rendre compte, quelque contradiction. Nous ne nous reposons pas avec pleine confiance dans ses discours ; il est vrai, mais il n'est pas simple. Ce dernier caractère du génie, qui fait son charme éternel, lui manque. Et

Rousseau se trouve par là bien loin de l'éloquence de Bossuet.

Telle fut la couleur générale de tous les écrits de Rousseau; mais il faut montrer comment elle s'applique à chacun d'eux en particulier.

Le roman qui jadis n'avait été qu'un récit naïf des faits; qui, sous le règne de Louis XIV, avait commencé à y joindre la peinture détaillée des sentimens, prit un caractère nouveau sous la plume de Rousseau. Les faits devinrent la moindre partie du tableau: ce fut surtout à retracer les mouvemens de l'âme qu'il fut destiné; non pas ces mouvemens simples, que produit immédiatement l'effet des circonstances, dont se compose le caractère et d'où résulte la conduite; mais l'action intérieure de l'âme sur elle-même, lorsque, sur les ailes des passions et de l'imagination, elle prend son essor loin des choses réelles et positives. Rousseau plaça ses personnages sur cette scène idéale, la seule où lui-même se plut à vivre. Il rapprocha ainsi le roman du caractère de la haute poésie dramatique. Nous ne chercherons donc pas dans la nouvelle Héloïse, la peinture des hommes, tels qu'ils paraissent devant nous. Ce n'est pas ainsi que Rousseau a voulu les représenter. Rarement, aux yeux des autres, l'homme ose révéler les mystères de son âme, à moins qu'un mouvement passionné et involontaire ne l'y entraîne. D'ordinaire je ne sais quelle pudeur unie à la crainte de ne pas être entendu, le porte à voiler ses secrets mouvements et à amortir ses impressions. En dedans de lui-même se passent mille agitations, mille combats, qui n'ont aucun résultat apparent, et qu'aucune parole ne témoigne. C'est cette portion de notre vie intérieure que Rousseau a su représenter;

les lettres de Julie ne renferment pas ce qui se dit; mais on y trouve ce qu'on a senti sans le dire.

Cette manière d'envisager et de décrire le cœur humain a été la source des beautés admirables de cet ouvrage ; elle a entraîné aussi quelques défauts; le plus grand, sans doute, c'est cette uniformité d'un même style toujours destiné à peindre des impressions exaltées, et à les raconter en détail. Rien ne repose ; jamais des paroles simples ne viennent replacer le lecteur dans la nature habituelle. Richardson, moins éloquent que Rousseau, a peutêtre mieux conçu le roman ; il a placé les sentiments élevés , dans un ensemble de circonstances réelles ; ainsi que cela se passe dans la vie, où l'âme ne se dévoile toute entière que lorsqu'elle y est forcée par quelque circonstance extraordinaire. Cette marche est plus conforme à la nature ; elle est aussi plus morale, puisqu'elle représente la vertu, non pas sur un théâtre élevé au-dessus de la vie commune, mais de niveau avec le sol où nous vivons, et susceptible d'une application journalière et habituelle.

Remarquons aussi que pour donner à la femme ce langage profond et passionné, cette connaissance des impressions qu'elle éprouve, cette appréciation de leur force, cette inquiétude sur leur résultat, il a fallu lui ôter les charmes de la pudeur, de l'ignorance de soi même, de l'abandon involontaire, et la priver par là de la moitié des grâces de son sexe.

Un autre défaut de l'ouvrage, c'est la folle prétention d'être un cours de morale. Outre le but général que Rousseau avait donné à son roman, il ne voulut pas perdre une occasion de dogmatiser. Il n'y a guère une circonstance de la vie qui ne trouve sa règle dans l'Héloïse, et sans examiner en lui-même le système de morale, on s'aperçoit aisément que la manie de philosopher a dû rendre souvent le romancier un peu pédantesque. Rousseau lui-même remarque ce défaut; il eût mieux fait de le faire disparaître.

On ne saurait faire le même reproche à l'Émile, qui est un ouvrage essentiellement dogmatique, et dont on doit parler sous ce seul rapport. Il était tout simple que Rousseau, s'occupant d'éducation, voulût élever l'enfant, non pour la société, mais contre la société. Il est parti de cette base, et conséquemment il a dû faire un ouvrage inapplicable, s'il n'est pas nuisible. En effet, quand on a formé l'homme de manière à le constituer en hostilité avec ses semblables, et qu'ensuite on le place au milieu d'eux, il doit se révolter contre tout ce qui leur sert de règle. On lui a

appris à ne suivre que celles qu'il se fait à
lui-même ; mais rien ne contribuera à le
maintenir dans ces règles imaginaires ,
bien qu'il se les soit prescrites. Son intérêt,
son orgueil, ses habitudes d'indépendance,
les lui feront transgresser, sans que l'exemple universel puisse l'y rappeler ; il sera
coupable et malheureux ; en même temps
il ne rencontrera ni pitié, ni bienveillance,
et se trouvera conforme au philosophe
qui lui a donné une telle éducation.

Elle a encore un autre vice, c'est de
placer l'enfant dans un ensemble de circonstances factices, arrangées autour de
lui pour produire un effet calculé. Cette
méthode de jouer la comédie avec les enfants, pour leur enseigner comment on
doit se conduire dans la vie, qui est toute
réelle, a été adoptée par les nombreux
instituteurs qu'a vus éclore la fin de ce
siècle. Chacun a voulu tromper l'élève, lui

déguiser ce qui se présente à ses yeux, diriger sa volonté, au lieu d'obtenir son obéissance, le conduire à la vertu par des chemins couverts de fleurs, et à la science par l'amusement. On s'est efforcé d'emmieller les bords du vase, au lieu d'apprendre à l'enfant que la liqueur est amère, mais qu'il la faut boire. Il ne faut pas avoir pour l'enfant une complaisance que la nature n'a pas pour l'homme. On doit lui parler franchement; d'ailleurs on ne le trompe pas si facilement qu'on le croit, et dès qu'une fois il a aperçu la fraude, tout est perdu.

Une autre considération s'élève contre tous ces systèmes d'éducation; ils ne sont pas applicables à l'éducation publique, par conséquent ils sont inutiles. On pourrait soutenir avec une grande probabilité, que l'éducation publique est essentiellement la meilleure, mais il est clair du moins qu'elle est nécessaire pour le plus grand nombre. Car une génération entière ne peut pas être occupée à élever la suivante, pour qu'à son tour celle-ci se charge d'en instruire une autre; ce serait cultiver sans cesse en ne recueillant jamais.

Rousseau, en mettant ainsi l'éducation en scènes arrangées, montre souvent combien il avait mal observé le premier âge. Il tombe dans de grossières erreurs sur la marche progressive des idées et des sentiments dans les enfants. Mais n'était-il pas juste qu'un père tel que Rousseau méconnût l'enfance ? Il faut en effet ignorer bien complètement les premières notions d'éducation pratique pour vouloir que l'enfant refasse, à lui tout seul, le travail de la civilisation, et invente tout ce qu'il doit apprendre, depuis les sciences jusqu'aux vertus.

Une chose qui n'a pas été assez remarquée,

c'est que Rousseau, dans l'Émile, a fondé toute la morale sur la considération de l'intérêt personnel, d'une façon peut-être encore plus spéciale qu'Helvétius. On pouvait s'y attendre de la part d'un homme qui a toujours manqué de bienveillance pour ses semblables; mais il est singulier qu'ayant, pour arriver à ce résultat, employé la métaphysique du dix-huitième siècle, il ait, dans la célèbre profession de foi, usé avec la plus noble éloquence de la philosophie cartésienne, qui seule en effet pouvait le conduire directement aux croyances religieuses. On est aussi surpris de le voir remonter d'abord, par un essor sublime, jusqu'à la connaissance de Dieu; et puis partir de là pour rejeter les religions positives et les cultes. Mais une telle marche est conforme à toute la philosophie de Rousseau. L'idée de la divinité, un sentiment vague de reconnaissance et de respect pour elle, en un mot ce qu'on a appelé la religion naturelle, tout cela est du domaine de l'imagination. On peut être sans cesse agité par ces nobles pensées, sans que les actions s'en ressentent ; mais un culte est l'application positive de ces sentiments ; c'est par cet intermédiaire qu'ils deviennent utiles ; c'est par-là seulement qu'ils prennent corps, acquièrent de la réalité, et s'emparent de quelque influence sur la conduite. En examinant Rousseau, on voit qu'il y a de l'analogie entre une religion sans culte et une vertu sans pratique.

De tous les ouvrages de Rousseau, ceux qui ont exercé le plus d'empire sur l'opinion, sont peut-être ses ouvrages de politique. Sa carrière littéraire commença par une attaque contre la civilisation. Soit, comme on l'a prétendu, qu'il se fut fait d'abord un jeu d'esprit de soutenir des opinions, qu'il embrassa ensuite avec ardeur, soit que son talent n'eût pas acquis toute sa force, ce premier essai n'est qu'une déclamation ingénieuse dont les pensées, bien qu'exprimées avec une sorte de chaleur, n'ont pas beaucoup de profondeur.

Dans le discours sur l'inégalité, il entreprit l'histoire de la société, chercha pourquoi et comment les hommes s'étaient réunis, et ce qui avait dû en résulter. Comme il était l'ennemi de l'ordre actuel des choses, il parla avec aigreur et avec verve contre les fruits de l'association humaine. La propriété, la distinction des rangs, les devoirs mutuels, l'obligation du travail des mains et même du travail de la pensée, tout fut livré à ses attaques ; et remontant toujours pour chercher le moment où l'homme n'avait pas eu de tels malheurs à redouter, il parcourut tous les degrés de

la civilisation, en retrouvant sans cesse les
principes qui imposent au genre humain
le penchant et la nécessité de vivre en société. Dans son dépit, peu s'en fallut
qu'il ne supposât que l'homme avait pu
vivre dans l'état de brute. Cependant il
n'osa pas risquer cette absurde assertion,
et ne fit point de l'homme un animal per-
fectionné. Ainsi son discours n'a aucun
résultat, il ne mène à rien; c'est l'épan-
chement d'un philosophe qui hait la société, et qui ne peut en nier la nécessité;
mais il est par cela même dans une mauvaise direction, car il tend à faire naître
un sentiment d'attaque et d'aversion contre l'ordre social, quel qu'il puisse être.

Dans le contrat social, il chercha les
principes des gouvernements et des lois,
dans la nature de l'homme et de la société.
Montesquieu a dit : « Je n'ai jamais ouï
« parler du droit public, qu'on n'ait com-

« mencé par rechercher soigneusement
« qu'elle est l'origine des sociétés, ce
« qui me paraît ridicule. Si les hommes
« n'en formaient point, s'ils se quittaient ou
« se fuyaient les uns les autres, il faudrait
« en demander la raison, et chercher
« pourquoi ils se tiennent séparés ; mais
« ils naissent tous liés les uns aux autres.
« Un fils est né auprès de son père et il s'y
« tient ; voilà la société et la cause de la
« société. » Rousseau, laissant de côté ces
considérations, voulut montrer les principes en vertu desquels les hommes étaient
réunis, le but qu'ils se proposaient par
cette réunion, et les meilleurs moyens de
parvenir à ce but, indépendamment des
cas particuliers.

Partant du principe que la société subsiste par un accord général de ses membres, il chercha à quelles conditions les
hommes avaient dû passer ce contrat, et

quels moyens ils avaient pour le faire observer. Ce travail, comme l'a pensé Montesquieu, est évidemment oiseux et inutile. Il est clair que la société existe par le consentement de ses membres. Ce consentement ou contrat est donc en effet le principe rationnel de son existence, mais ce contrat est tacite, il l'a toujours été, conséquemment, il n'a pas de réalité. C'est ainsi qu'en géométrie on dit qu'un solide est engendré par le mouvement d'un plan. La définition est vraie ; elle représente exactement l'idée d'un solide régulier ; mais elle n'a aucun rapport avec les conditions matérielles de l'existence de ce solide. C'est un caractère distinctif, à supposer qu'il existe, mais ce n'est point le principe qui le fait exister. De même s'il y a société, elle est par abstraction le résultat du consentement de tous ses membres ; en réalité elle provient de ce que beaucoup d'hommes sont venus dans une certaine contrée, s'y sont établis, y ont eu des enfants, des propriétés, un gouvernement, des habitudes communes; si on veut s'occuper de leur donner une bonne police, il faut partir de toutes ces circonstances bien positives. Jamais un géomètre ne tentera de créer un solide par le mouvement d'un plan. Il sait très-bien de quelle nature est ce genre de vérité; mais on peut inspirer aux hommes l'idée qu'il est possible de conclure ou de renouveler le contrat social, et avec cette idée, les empires sont renversés.

Rousseau fut entraîné dans de notables erreurs en voulant ainsi donner à des abstractions, une apparence positive. Après avoir supposé la possibilité du contrat, après avoir montré les hommes se rassemblant pour le passer, il ne vit aucun inconvénient à ce que chacun abdiquât, par ce contrat, tout ses droits individuels, au profit de la société ; sauf à la rompre du moment qu'on ne la trouverait plus convenable. De là sortit le principe de la souveraineté du peuple. Rousseau ne vit pas que, de cette sorte, il donnait à la tyrannie l'arme la plus puissante. En effet, le gouvernement qui exerce cette souveraineté, n'est pas un être abstrait; par son essence, il doit être le représentant de la société, et en ce sens il ne pourrait rien faire que pour elle. En réalité, il est un homme ou plusieurs hommes, animés d'intérêts personnels, agités de passions et sujets à des erreurs. Mais comme la société l'a investi du pouvoir souverain, il en use pour fausser le contrat. La volonté du plus grand nombre souvent ne suffit pas pour le rompre; le souverain, armé des forces qu'on lui a confiées, la peut tenir long-temps oisive et presque muette. Ainsi la doctrine de la souveraineté du peuple conduit à ne pas prendre de précaution contre le pouvoir, et par là elle est pernicieuse à la liberté.

S'il fallait renoncer à établir les idées de politique sur les droits et les besoins que les lois positives et les habitudes ont donnés aux peuples, pour chercher une base abstraite, le système de Hobbes serait même préférable à celui de Rousseau. Si les gouvernements n'ont d'autre droit que celui de la force, la défense et même l'attaque seront légitimes. Chacun peut essayer d'être le plus fort; c'est à lui de voir si son repos lui est plus cher que son intérêt. De cet esprit peuvent résulter des situations diverses ; le souverain abuse hardiment de sa force sans redouter qu'on la lui ravisse en se défendant; voilà le despotisme. Les citoyens peuvent sacrifier leur tranquillité à la défense ou à l'agran-

dissement de leurs priviléges; alors il y a
désordre et révolution. Enfin, le souverain
peut être arrêté dans ses entreprises par
la crainte de blesser trop vivement et de
soulever les intérêts personnels; et les citoyens peuvent aussi faire vis-à-vis du
gouvernement un semblable calcul. Cet
armistice de deux partis qui trouvent leur
avantage à rester en présence, sans combattre, constituerait les états à-la-fois libres et heureux. Communément ils flottent
entre cette perfection et un désordre complet. Tel est à peu près l'esprit des anciens gouvernements européens, qui s'est
conservé en Angleterre. Entre la masse du
peuple et les souverains, se trouvaient des
corps de citoyens qui avaient plus de priviléges à défendre et plus de moyens de
résistance; c'était avec eux seulement que
la souveraineté avait à débattre ses intérêts. Ils étaient comme des sentinelles

avancées, destinées à protéger la liberté publique; peu à peu dans notre France, l'autorité royale, par la force ou par l'adresse, fut victorieuse de cette avant-garde de la nation. Cette victoire a fait sa perte. Elle se trouva ensuite aux mains avec le gros de l'armée, et subit une défaite entière.

Au reste, Rousseau n'erra que par le penchant assez naturel de donner à son système une apparence de clarté et de certitude, et une forme semblable à celle des sciences exactes, qui devenaient alors le modèle de toutes les sciences. L'application lui aurait fait sentir les vices de sa méthode. C'est ce qu'on peut remarquer dans son livre sur la Pologne, où loin de tomber dans l'abstraction, il cherche tous les moyens d'établir un bon gouvernement, fondé sur le caractère du peuple, sur ses anciennes lois, en un mot, sur toutes les circonstances réelles, qu'à la vérité il connaissait assez mal. D'ailleurs, il n'aurait jamais voulu tenter l'essai de ses propres maximes. Comme Mably, il avait en trop grand mépris les sociétés européennes, pour espérer rien de bon de leurs mouvements.

Nous parlerons moins des autres ouvrages de Rousseau; dans tous, on remarquera ce que nous avons dit sur son caractère, sa morale, sa religion et sa politique. Ses livres de controverse, hormis le discours sur les spectacles, qui est son plus bel écrit, montrent de plus un orgueil irritable, et qui, dans sa colère, ne connaît ni procédés, ni ménagements. Malgré leurs prétentions philosophiques, les auteurs du dix-huitième siècle laissaient voir en général une vanité fort exaltée, dans les querelles littéraires. Leur polémique n'avait pas plus de sang-froid ni de dignité que les ridicules discordes des pédans. Quelques-uns y ont apporté le fiel le plus amer, d'autres y ont mêlé l'injure la plus grossière. Montesquieu seul sut se défendre avec une noblesse digne de son caractère élevé.

Nous nous occuperons davantage des Confessions. C'est assurément un phénomène bien singulier qu'un homme qui entreprend de conquérir l'estime et même l'admiration de la postérité, en lui faisant connaître les moindres détails d'une vie, qui n'a rien de grand, qui n'offre aucune action élevée, et qui, au contraire, est remplie de détails ignobles et de fautes impardonnables. Mais il y a quelque chose de plus suprenant encore, c'est le succès d'une pareille entreprise ; c'est d'avoir persuadé qu'il était vertueux, en racontant comment il ne l'était pas. C'est bien là ce qui prouve combien est puissante sur le cœur de l'homme, la peinture d'une impression vive et réelle; quelle sympathie elle excite en lui, et comment elle établit entre celui qui parle et celui qui écoute, des rapports si intimes que l'un éprouve bientôt ce que l'autre a éprouvé. Aussi est-il vrai de dire que nul n'a mieux su que Rousseau révéler l'intérieur de son âme. Qui ne s'est pas senti ému et charmé, en lisant la peinture animée de ces vagues rêveries, de ces espérances sans cesse trompées et sans cesse renaissantes, de ces jouissances de l'imagination, de ces romans de vertu et de bonheur, toujours démentis et renouvelés toujours, de ces tempêtes qui se passent au plus profond du cœur, enfin de toute l'histoire d'une âme rêveuse et solitaire. Après nous avoir ainsi placés, par la magie de la vérité, dans toute sa situation, Rousseau nous fait partager chacune de ses pensées, et pour ainsi dire de ses actions. Nous tombons avec lui dans des erreurs par une pente irrésistible, nous prenons son fol orgueil, nous ne voyons qu'outrage et injustice, nous devenons les ennemis de tous les hommes, et nous le préférons à eux. Mais en réfléchissant mieux, nous pouvons apercevoir que cet homme, qui a su nous entraîner avec lui, a constamment mené une vie pleine d'égoïsme; qu'il a tout ramené à lui-même; que les jouissances qu'il a recherchées ont toujours eu quelque chose de solitaire et de non partagé; qu'il n'a jamais sacrifié son intérêt qu'à son orgueil; qu'il a été envieux de tout ce qu'il n'a pas obtenu, quoiqu'il ait souvent renoncé à l'obtenir; que ses affections même ont eu un caractère d'égoïsme; qu'il a aimé pour sa propre satisfaction, et non pour celle des autres. Enfin on se repent de s'être ainsi calomnié en ne se croyant pas meilleur qu'un tel homme ; on conçoit bien toutes ses fautes, mais on ne les pardonne plus, et on ne confond plus des explications avec des excuses.

Il reste encore à parler d'un de ces hommes du premier ordre, qui font la gloire de leur siècle. A Voltaire, à Montesquieu, à Rousseau, on doit associer Buffon ; ces quatre écrivains laissent loin derrière eux tous leurs contemporains.

Le spectacle de la nature peut affecter l'esprit de l'homme de deux manières bien différentes ; il peut se présenter à lui comme une source d'impressions variées, qui agissent sur son âme, qui parlent à son imagination, qui excitent en lui des sentiments. Tel est le tableau de l'Univers, dans ses rapports directs avec l'homme. C'est ainsi qu'aux premiers âges du monde, il a dû frapper d'abord les hommes, quand ils étaient simples et enfants; ils ne cherchaient ni à comparer, ni à expliquer; chaque objet leur faisait une impression neuve et isolée, par conséquent bien plus forte et bien plus vive; le monde leur paraissait un amas de merveilles terribles ou imposantes; leur imagination seule en était frappée. Ils ne le voyaient que sous des aspects pittoresques et poétiques. Ensuite ils aperçurent des conformités et des différences, ils classèrent et divisèrent les objets, ils observèrent des analogies dans les effets, et par-là ils remontèrent à des causes; la nature ne fut plus seulement le principe des sensations individuelles, elle fut soumise à la réflexion, qui recherche des idées générales indépendantes de chaque individu. De cet esprit naquirent les sciences naturelles; leur principe, ainsi que nous l'avons dit, fut de considérer la nature en elle-même, abstraction faite de

l'effet qu'elle peut produire sur un homme
en particulier. On voit par-là que le savant change la direction primitive de l'esprit humain, porte son activité sur la recherche des causes, et le détourne du
soin de peindre les premières impressions
que fait naître l'aspect de l'univers.

Mais lorsque les sciences sont encore à
leur naissance, soit que doué d'une plus
grande force d'imagination, il en cherche
l'emploi ; soit qu'enchanté du nouvel instrument qu'il vient de découvrir, il s'en
exagère la puissance, l'homme porte alors
dans l'explication des phénomènes un esprit fécond et impatient, qui, ne pouvant s'astreindre à observer la nature,
s'empresse de la deviner. Cette époque
voit naître des systèmes sans nombre,
des hypothèses ingénieuses ; les sciences se
construisent d'après un petit nombre de
faits ; chacun les soumet à ses propres

idées; chaque jour les voit se détruire et renaître sous une autre forme. Telle fut la marche première de la science chez les Grecs, qui la revêtirent de la poésie et de l'éloquence. Le génie de Buffon avait plus d'un rapport avec celui qui animait ces philosophes de la Grèce, dont l'imagination était si vive et si hardie. Il s'indigna contre ceux qui voulaient faire de l'histoire de la nature une simple nomenclature, un recueil de faits, unis entr'eux par des liens artificiels. La chaleur de son esprit s'appliqua à pénétrer tout d'un coup dans les principes de la nature, pour révéler son secret; et aussi à la présenter sous ses rapports pittoresques. Tel est le double emploi que Buffon a fait de son éloquence.

Le caractère et les habitudes des animaux, l'aspect et la physionomie des contrées furent retracés par son pinceau avec une inconcevable magie. L'impression souvent vague que nous recevons de la première vue des objets est par lui reproduite avec une précision et une simplicité qui étonnent à chaque instant. En lisant Buffon, on sent de nouveau ce qu'on avoit éprouvé sans bien le définir ; on retrouve le sentiment qu'avait fait naître en nous l'aspect du cheval parcourant fièrement la prairie, ou de l'âne portant son fardeau avec patience. La peinture des frimats éternels revient glacer tous nos sens ; et quand il nous représente les marais fangeux de l'Amérique méridionale, une impression profonde de dégoût et d'horreur nous saisit entièrement. Jamais peintre ne montra plus d'imagination que Buffon. Son langage, où quelques personnes ne veulent voir que les traces de la patience et de l'art, est, en même temps, la représentation fidèle des sensations les

plus vives. Souvent il a une telle vérité,
que le lecteur se sent ému jusqu'au fond
du cœur, comme si l'auteur avait voulu
peindre les effets des passions. On agit sur
l'âme, dès qu'on parvient à représenter,
avec justesse et profondeur, le moindre de
ses mouvements.

Le style de Buffon n'est pas moins parfait lorsqu'il remonte aux causes générales, et qu'il expose ses brillantes hypothèses ; il est alors d'une clarté et d'une
simplicité persuasives ; il participe à la
grandeur du sujet ; les preuves et l'observation des faits sont fondues avec la
théorie d'une manière insensible. Rien ne
sent la peine dans ces discours ; ils ont
quelque chose de grave et d'élevé à-la-
fois ; ils sont dignes sans être ambitieux.
L'auteur semble d'un vaste regard embrasser la nature, sans être troublé d'un
tel spectacle, bien qu'il en apprécie la

grandeur; en un mot, aucun écrivain du dix-huitième siècle ne parla un plus beau langage que Buffon, ou, pour mieux dire, n'eut de plus grandes pensées. Il se rapproche plus que tout autre des auteurs du siècle précédent, qui disposaient si hardiment de la langue, de manière à lui imprimer le caractère de leur ame et de leurs pensées. Mais Buffon a traité des sujets d'un intérêt moins profond et moins général.

On doit observer, dans les écrits et la science de Buffon, les traces du temps où il vivait. Un siècle avant, un homme s'était, comme lui, occupé de l'étude de la nature. Descartes avait eu aussi la noble ambition de la connaître; mais ce qui avait surtout agité son esprit, c'était la liaison de la nature morale à la nature physique. Pendant toute sa vie, il s'occupa à leur trouver un centre commun; et en lisant ses ouvrages, on voit combien cette importante question pesa sur son ame. Pascal lui reprocha d'avoir fait tout son possible pour se passer de Dieu dans son système; sans songer qu'un tel génie ne pouvait rendre un plus éclatant hommage à la Divinité, et à toutes les idées morales, qui ne peuvent se rattacher qu'à cette première source. Buffon, placé à une autre époque, ne songea qu'à la nature physique. On s'était lassé de vouloir aller plus haut; les esprits avaient pris un autre cours; on était parvenu à se passer de Dieu, ou du moins il était écarté de tous les travaux des philosophes; ceux qui abordaient la grande question penchaient à n'admettre qu'une seule nature, la nature physique. Buffon se tint toujours éloigné d'un pareil sujet, et, malgré la grandeur de son esprit, ne se montra point animé du desir de s'en occuper.

Après Buffon, les sciences commencèrent à s'éloigner des voies qu'il avait sui-
vies ; elles entrèrent sous la domination
presque absolue de l'expérience ; elles
perdirent le caractère contemplatif, pour
acquérir le caractère de l'observation raisonnée. Dans cette carrière elles ont fait
de rapides progrès, elles sont devenues
pratiques, elles se sont alliées aux arts ;
leur étude a exigé de moindres facultés;
un plus grand nombre d'individus a pu
les connaître; l'ambition des savants a as-
piré à des découvertes moins importantes ;
mais, aussi ils ont pu y atteindre d'une
manière plus sûre. C'est ainsi qu'à leur
tour elles ont aussi jeté un lustre éclatant
sur la France, que les lettres avaient tant
honorée dans la période précédente.

Mais ce n'est point une raison pour dédaigner l'aspect sous lequel Buffon a envisagé la science, et pour le réduire à la

gloire si grande encore d'écrivain éloquent
et de peintre inimitable. Le desir d'expliquer, la curiosité des causes, l'amour des
théories générales, sont l'aliment premier
et nécessaire des sciences ; c'est parce
qu'on espère révéler quelque grand secret de la nature, qu'on ressent de l'ardeur à en connaître les détails ; cet espoir
soutient l'émulation. Si se passionner pour
une hypothèse nuit à l'observation, désespérer de former un système y nuit bien
davantage encore ; puisque, par là, on
perd le courage d'observer les faits, et
aussi le moyen de les lier entre eux. Si
donc on décrie sans cesse l'esprit de théorie, si l'on est armé de ridicule et de mépris contre celui qui exerce son imagination en même temps que sa faculté d'observer, on détruira le germe et le principe
dé chaleur qui fait vivre les sciences ; on
rompra les fils qui conduisent à travers le

labyrinthe des faits observés ; les esprits perdront peu à peu une curiosité qui n'espèrera plus de satisfaction. Les savants deviendront des manipulateurs destinés à aider la pratique des arts mécaniques, et l'esprit humain verra se dessécher aussi cette branche d'activité.

Peu d'écrivains ont tenté d'imiter Buffon. Un homme que ses malheurs illustrent encore plus que ses ouvrages, Bailly voulut aussi depuis donner à la science le charme du style ; il ne vit pas que le principe du talent de Buffon était une puissante et riche imagination ; il s'efforça d'y suppléer en prodiguant des ornements, qui sont loin de produire les mêmes effets.

Maintenant nous avons parcouru l'époque la plus glorieuse du dix-huitième siècle, nous n'aurons plus à parler d'aucun de ces hommes de génie qui illustrent leur pays et leur temps. La vieillesse de Voltaire, de Buffon, de Rousseau, ne vit rien s'élever qui leur ressemblât. Mais le second rang fut occupé par des écrivains qui ont mérité quelque réputation.

Le théâtre était alors la branche de littérature où la décadence se faisait le plus sentir; elle exige plus que toute autre une imagination vive et des sentiments vrais. Le travail, la réflexion, l'étude, ne peuvent, à eux seuls, former le véritable caractère du poète dramatique. A supposer qu'il eût atteint à une connaissance profonde du cœur humain, cette connaissance resterait encore stérile, si elle était le produit de la recherche et de l'examen, si elle n'avait pas quelque chose d'instinctif qui donne à l'auteur la faculté de peindre les personnages par l'imagination et non par la théorie. Quand on fait des tragédies ou des comédies avec le souvenir de celles qui sont faites, en calculant des caractères,

des situations et des effets; quand on regarde le drame comme un ouvrage d'art,
dont la perfection dépend d'une pratique
plus ou moins industrieuse, il ne faut pas
espérer de longs succès. Si l'on y veut
prendre garde, on s'apercevra que les ouvrages de nos grands poètes dramatiques
restent seuls, ou à peu près sur la scène,
et voient disparaître successivement ceux
qu'on avait calqués sur leur modèle.

La comédie avait fini avec Gresset. Déja,
même avant lui, on avait vu se former un
certain jargon précieux qui s'efforçait de
peindre le langage d'une société où tout,
jusqu'aux sentiments, était soumis à l'empire de la mode, où la frivolité avait sa
pédanterie, l'insouciance ses démonstrations, et où les ridicules semblaient prescrits par les uns, et recherchés par les autres. Peindre superficiellement l'affectation,
est assurément un futile travail; ce fut celui

des auteurs comiques. A côté de ces comédies éphémères, les drames imités de Diderot montraient un autre genre d'affectation. L'exagération des sentiments, la pompe des mots, la manie de rendre solennels les personnages vulgaires, et d'ennoblir tout ce qui semblait abaissé par sa situation, tels étaient les caractères de ce genre d'ouvrages. Presque aucun n'a survécu; et s'ils n'étaient pas un témoignage de l'esprit du temps, il ne faudrait pas les rappeler. Un auteur qui n'a laissé que peu de marques de son talent, Collé a montré qu'il savait, bien mieux que tous ses contemporains, ce que devait être la comédie.

Dans la tragédie, deux écrivains eurent des succès qui leur survivent encore. Lemierre se fit remarquer par une sorte de verve dans l'expression, qui n'est cependant pas la chaleur du sentiment; mais il n'a su ni dessiner un caractère, ni approfondir une situation ; dans son style barbare, sans être naturel, il se rencontre parfois des morceaux où la déclamation ne manque pas de force et d'élévation.

Dubelloy a été plus heureux ; il s'est mis sous la protection de noms illustres et chers à la France ; il a rappelé d'anciens et glorieux souvenirs. Peut-être ces preux chevaliers, leurs nobles faits d'armes, leurs vertus simples, et toute cette histoire des vieux temps de la patrie, auraient-ils dû inspirer Dubelloy d'une manière plus vraie, et l'éloigner des pompeuses déclamations où il est tombé. On aimerait à retrouver quelque chose de la physionomie des siècles et des personnages qu'il a voulu peindre, et dont les noms seuls réussissent à nous subjuguer ; mais au temps où il écrivait, on avait un grand goût pour le faste des paroles. Voltaire lui-même n'avait pas toujours préservé ses héros tragiques de ce défaut.

Colardeau, qui avait peut-être un génie plus conforme à la poésie que les auteurs dont nous venons de parler, leur fut cependant inférieur dans l'art dramatique ; mais son talent se déploya avec plus de succès dans une autre carrière. Il n'avait pas assez de force pour concevoir un vaste sujet ; son esprit n'était point frappé de l'ensemble des objets. Le sentiment, exalté par la passion ou agrandi par l'imagination, n'était pas la source de son inspiration. Alors il réduisit la poésie à n'être plus qu'une expression élégante et soignée d'idées qui n'ont rien de poétique par elles-mêmes. Il semble que la légère contrainte à laquelle on est soumis pour revêtir la pensée de la forme des vers, fixe l'attention plus particulièrement sur cette pensée, la fait pénétrer plus avant, lui

donne une action plus vive et plus délicate sur le sentiment du poète, et conséquemment sur celui du lecteur. On pourrait du moins attribuer à cette cause le
charme de la versification lorsqu'elle est
appliquée à une nature d'idées qui seraient
sans effet en prose.

Ce genre de talent paraît aussi convenir à la traduction, où la pensée est four-
nie par autrui, et où le mérite consiste à
en recevoir une impression assez forte pour
pouvoir la reproduire heureusement; aussi
Colardeau se distingua-t-il dans ces deux
genres ; depuis il y a été surpassé.

Saint-Lambert, son contemporain, ne
cultiva que la poésie descriptive : il y fut
correct et élégant ; mais il eut moins de
facilité et de charme.

Deux poètes qui moururent jeunes mon_
trèrent peut-être plus d'inspiration poétique : Malfilatre et Gilbert ont laissé après
eux de glorieux regrets.

Les écrivains en prose étaient plus distingés.

Nul peut-être ne mit plus de soins et de prétentions pour parvenir à l'éloquence que Thomas, qui figure aussi avec quelque honneur dans la nouvelle école de poésie; mais il suivit une fausse route. Ne s'apercevant pas que l'éloquence est dans le caractère de la pensée, il crut y atteindre en tourmentant son style afin de lui donner de la force et de la grandeur. Il rechercha tous les moyens artificiels de la rhétorique pour que son langage produisît de l'effet, et oublia que la correspondance intime des idées et de leur expression est la seule chose qui puisse faire une impression vive.

Il employa aussi des combinaisons pour paraître un penseur profond; il affecta de répandre dans ses écrits des idées et des rapports, puisés dans les sciences exactes ou dans les arts; mais comme il les possédait d'une manière incomplète, comme il les étudiait pour les citer et non pour les savoir, il montra moins de science que de pédanterie. Ainsi Thomas a été quelquefois affecté et déclamateur, croyant être sublime et touchant.

Le genre qu'il cultiva tendait à le jeter dans ces défauts. L'oraison funèbre, prononcée dans un temple, au milieu de toutes les pompes de la religion et de la mort, se trouve entourée de circonstances qui élèvent et émeuvent l'ame d'une manière réelle. Mais le panégyriste, qui vient pour satisfaire à un concours académique, rechercher, après de nombreuses années, des effets semblables; qui veut frapper notre esprit par des paroles grandes et profondes, lorsque rien ne nous dispose à recevoir cette impression, doit tomber dans l'affectation. Il est loin d'être ému

23

lorsqu'il concerte les artifices de son style ;
ainsi il ne pourra pas nous émouvoir. Le
panégyrique, ainsi conçu, est, comme on
l'a souvent remarqué, un genre essentiellement froid et faux.

Une seule fois Thomas eut le bonheur
de saisir complétement le vrai caractère
d'une éloquence élevée et touchante. Il
imagina de mettre en scène l'éloge de
Marc-Aurèle ; il transporte notre imagination au lieu même et au temps où se
passait l'action. Il nous place à Rome au
milieu du cortége funèbre du vertueux
empereur ; cet empire romain, qui embrassait l'univers, et dont le sort dépendait
d'un seul homme, il nous le représente
pénétré de douleur et glacé de crainte sur
l'avenir ; il nous montre la philosophie en
larmes ; l'armée pleurant son chef ; et la
tyrannie naissante, accroissant les regrets
pour la vertu expirée : alors, au milieu de

ce vaste spectacle, les paroles solennelles, les expressions exaltées se trouvent dans un parfait accord avec notre ame, et produisent tout leur effet.

Marmontel essaya aussi d'être un poëte, et ne laissera d'autre réputation que celle d'un prosateur; mais celle-là est bien méritée. Il eut constamment de la facilité et de l'élégance. Les premiers chapitres de Bélisaire rappellent le Télémaque; et l'on regrette que l'auteur, au lieu de prétendre à instruire les rois et les peuples, comme tout écrivain s'y croyait alors obligé, n'ait pas suivi la vraie route de son talent, qui était de raconter et de peindre avec vérité. Aussi n'obtint-il jamais autant de succès que par ses Contes Moraux, qui retracent avec un grand charme des événements et des sentiments pris dans l'ordre habituel des choses. On lui a reproché d'avoir copié, sans goût et sans fidélité, le langage de la société de son temps. Il faudrait savoir si, au milieu de la dépravation des mœurs, les paroles n'avaient pas perdu toute pudeur et toute convenance. Les mémoires et les récits pourraient le faire croire. Les romans de Crébillon le fils, qui ne sont autre chose que le vice revêtu d'impudence et d'affectation, et qui ne sont pas lisibles actuellement, eurent quelque succès dans leur nouveauté, parce qu'ils se trouvèrent en plein accord avec les mœurs. Au reste, Marmontel a depuis publié d'autres contes, où il n'a pas essayé de reproduire les nuances passagères du ton de la société, et ils ont plus d'intérêt et de simplicité que les premiers.

Mais c'est dans les Éléments de Littérature que Marmontel s'est montré avec le plus d'avantage. L'envie de se distinguer par une sorte de révolte contre les opinions reçues, l'avait d'abord jeté dans quelques paradoxes, qu'il défendit assez mal, et auxquels il renonça peu à peu. Les rhétoriques qu'on avaient faites jusqu'alors, avaient presque toujours porté l'attention sur les formes extérieures de l'éloquence et de la poésie, les avaient considérées comme des arts, et avaient recherché et indiqué des procédés, pour ainsi dire mécaniques, qui aidaient à les pratiquer. En général, les rhéteurs n'avaient guère songé à descendre plus avant; ils n'avaient pas cherché la liaison des divers mouvements du langage avec les mouvements correspondants de l'ame, et avec toutes les circonstances où se trouvent placés celui qui parle et celui à qui l'on parle.

Fénélon dans les Dialogues et les Lettres sur l'Éloquence, Montesquieu dans l'Essai sur le Goût, avaient indiqué cette route nouvelle; ils s'étaient occupés du sentiment

23.

auquel on doit les arts de l'imagination, et non point des détails de leur pratique ; l'abbé Dubos, dans les Réflexions sur la poésie et la peinture, avait suivi de même cette marche. Ce fut aussi celle de Marmontel ; il analysa, avec discernement et finesse, le genre de sentiment qui caractérise les différentes formes dont se revêtent les productions de l'esprit. Il rechercha les causes qui peuvent influer sur ce sentiment et le modifier, il ne s'attacha pas à des règles qui sont impuissantes à faire naître le talent ; il enseigna à sentir, à admirer les œuvres de l'imagination, et non point à les comparer froidement avec le modèle prescrit par la rhétorique, pour les juger d'après leur conformité plus ou moins exacte avec ce modèle. Tandis que les anciennes rhétoriques, au milieu de leur marche et de leur langage technique, n'apportaient à l'esprit aucune espèce de plaisir, Marmontel sut retracer dans son style les vives impressions que font en nous les jouissances littéraires. Lire et admirer est en effet un sentiment; comme les autres, il peut être fidèlement représenté.

C'est surtout à peindre ce genre d'émotions qu'a excellé M. de Laharpe, qui avait plus fortement encore que Marmontel le sentiment de la littérature. Il fut aussi un poète plus distingué. Quelques-uns de ses ouvrages sont parvenus à se maintenir sur la scène, bien qu'ils ne portent pas un caractère original; il a eu quelquefois de la grace dans ses poésies légères; mais sa renommée repose presque uniquement sur les succès qu'il a obtenus dans la critique. Pendant toute sa vie il répandit dans les journaux les matériaux qu'il a réunis ensuite sous le nom de *Cours de Littérature*. Il ne s'occupa point, comme a fait Marmontel, des principes généraux de la lit-

térature, il examina comment ces principes avaient été appliqués dans la composition de tel ou tel ouvrage en particulier, et s'attacha surtout à reproduire les
sentiments que faisait naître en lui l'examen des écrits soumis à son jugement.

Personne n'a montré plus de verve que
M. de Laharpe dans ce genre de style;
comme il était absolu dans ses opinions,
qu'il les embrassait avec orgueil, et s'y
abandonnait sans mesure; comme nul n'a-
bonda jamais davantage dans son propre
sens, son langage prenait une force et une
fécondité extrêmes; souvent il a employé
la plus vive éloquence pour dépeindre l'effet que produisait sur son esprit les beautés et les défauts littéraires. Mais il résulte
d'une pareille nature de talent, des incon-
vénients que M. de Laharpe n'a pu éviter.
Il n'apporta aucune réserve, ni aucune hésitation dans ses jugements, ne se doutant

pas que parfois ils lui étaient dictés par des influences étrangères à la littérature. Ses amitiés, et plus souvent encore ses haines, furent les guides de sa critique. Le peu de flexibilité de son esprit nuisit aussi beaucoup à la finesse et à la profondeur de ses vues. Il ne sut jamais voir la littérature que d'après ses idées habituelles; prenant les formes auxquelles il était accoutumé, pour un type parfait, il ne sentit pas les beautés qui n'entraient point dans ce système. Aussi apprécia-t-il d'une manière très-superficielle toute la littérature ancienne et étrangère. On peut observer aussi que l'admiration de M. de Laharpe s'attache trop souvent aux artifices de composition, aux calculs de l'art qu'il croit démêler dans les chefs-d'œuvre, pendant qu'il néglige de s'occuper du sentiment qui les a dictés, des circonstances qui ont influé sur l'auteur, du caractère de son ta-

lent, en un mot de tout ce qui est l'ame
et le principe des œuvres de l'esprit. C'est
au contraire dans ce dernier système qu'é-
crivent les nombreux critiques de nos jours,
quelle que soit d'ailleurs leur opinion. Il
en est peu qui aient montré autant d'éloquence que M. de Laharpe, mais plusieurs
font preuve d'une plus grande pénétration
et d'une analyse plus subtile et plus profonde.

Parmi les écrivains en prose, aucun
n'appliqua son talent au genre qui en com-
porte le meilleur emploi; cette époque
ne nous a donné aucun historien remarquable. On traduisit avec élégance les
écrits sages et instructifs des historiens anglais; ce sont les modèles de la méthode
qui avait déjà été adoptée pour écrire l'histoire, et que nous avons examinée en parlant de Voltaire. Mais ils ne trouvèrent
point d'émules en France.

Toutefois les écrivains qui s'occupèrent de l'histoire pendant le dix-huitième siècle, furent très-nombreux. Mais l'esprit de la philosophie française s'accordait mal avec ce genre de composition. Si l'on veut y répandre quelque charme, il est essentiel de se plaire dans ses récits, de se placer dans le tableau qu'on veut peindre, de le rendre, autant qu'on peut, vivant et animé. Pour les contemporains, et pour ceux qui écrivent d'après des traditions orales, il est plus facile de ressentir et d'exciter ce genre d'intérêt. Ceux qui exposent l'histoire des temps anciens ne peuvent parvenir au même but, que par une connaissance approfondie des témoignages écrits. Ils doivent se dépouiller de l'esprit de leur siècle, se transporter, par l'érudition, dans le passé, et se faire contemporains. On ne pouvait guère exiger une telle complaisance d'un littérateur du dix-huitième siècle. Il voyait l'époque présente trop au-dessus de toutes celles qui l'avaient précédée, pour vouloir en descendre un instant. Il aurait cru se fausser le jugement et se fasciner la vue, s'il eût essayé de partager ou même de concevoir les sentiments de ses devanciers. D'ailleurs, on commençait à avoir une si grande idée de la raison humaine, et du point de perfection où elle était parvenue, que, dans toutes les sortes de sciences, on recherchait surtout les notions positives. On se souciait peu de savoir ce que d'autres avaient pensé ou senti sur les faits : chacun voulait les avoir à sa libre disposition, afin de bâtir sur cette base un édifice de raisonnement tout nouveau. Pour hâter le moment où l'on pourrait s'occuper de cette création, il fallait réduire le plus possible le nombre des premières notions, et surtout les dégager de toute espèce de

couleur particulière. C'est ainsi que les
ouvrages historiques se desséchèrent, et
devinrent un assemblage de faits sans liaison, ou une suite de raisonnements abstraits reposant sur une base insuffisante.
Par-là aussi l'ignorance commença à se
répandre. En effet, pour bien posséder
les livres et les travaux des temps passés,
il faut avoir pour eux quelque amour et
quelque estime; il faut se complaire dans
tous leurs détails, et prendre confiance en
leur mérite. Lorsque, au contraire, on veut
seulement rechercher leur substance, et
qu'on dédaigne leur forme, on étudie sans
goût et sans suite; on croit toujours en
savoir assez, on se persuade que tout est
inutile, parce que rien ne semble agréable.
Ce fut de cette sorte que l'instruction devint superficielle en France; on rechercha
seulement le charlatanisme du savoir, afin
d'appuyer, d'une manière apparente, la

24

vanité du raisonnement ; et avec ce prétendu amour pour les connaissances positives, jamais on ne fut moins nourri d'une érudition réelle.

De cette sorte, l'histoire fut privée de tout ce qui donne aux récits un intérêt vif et soutenu. Personne ne sut composer un tableau tracé avec conscience et sentiment. Les uns firent des abrégés ou des extraits dépouillés de tout le charme des détails. Leur brièveté semblait destinée à aider la mémoire. Ce but même était manqué ; car on ne saurait retenir facilement ce qui n'intéresse pas.

Le président Hénault avait donné le premier modèle de ces squelettes de l'histoire. Son talent était digne d'un meilleur emploi. Il trouva le moyen de laisser apercevoir, dans des sommaires à peine ébauchés, un esprit plus vif et plus fort que les autres historiens ses contemporains. C'est là même ce qui donnera de la durée à sa réputation : si son mérite eût été borné à la forme de son ouvrage, il n'y aurait aucune raison pour le préférer à ses nombreux imitateurs.

D'autres donnèrent plus d'étendue à leurs ouvrages; mais elle fut employée à étaler des systèmes et des raisonnements. On regarda les faits comme des preuves ; et l'important, aux yeux d'un historien, c'étaient ses opinions, et non pas ses récits. Condillac écrivit de nombreux volumes dans cet esprit, et nul ne peut mieux en faire sentir tous les défauts.

De tous les historiens de cette école, c'est l'abbé Raynal qui eut le plus de renommée. Le succès plus que le mérite de l'Histoire des deux Indes, nous impose l'obligation d'en parler. Raynal, après quelques essais obscurs, fit paraître ce grand ouvrage. Beaucoup de personnes vantent l'utilité de son livre, et l'exactitude des notions positives qu'il renferme. Il paraît qu'elles sont exactes pour tout ce qui se rapporte au commerce et aux arts. L'exposition des faits historiques montre, au contraire, peu d'érudition et de critique. Mais l'illustration de l'Histoire des deux Indes tient spécialement au caractère de la philosophie de Raynal.

Peut-être aucun auteur jusqu'alors n'avait-il manqué à un tel point de raison dans les idées, et de mesure dans la manière de les exprimer. Il est difficile de concevoir comment on peut parvenir à un pareil délire dans les opinions, à une emphase si ridicule dans les paroles. Raynal y étale avec complaisance des principes opposés au bon ordre de toute société. Il n'est pas de crimes, commis pendant les derniers troubles de la France, qui n'aient été, pour ainsi dire, appelés à grands cris par ce déclamateur. Cependant, quand il se trouva réellement au milieu des désordres d'une révolution, il se montra juste, modéré et courageux. Tant est dangereuse cette confiance dans des opinions qui ne sont le fruit, ni de l'expérience, ni de la réflexion ! Un écrivain, renfermé dans son cabinet, ignorant les hommes et les affaires, loin de toute réalité, s'enflamme par ses propres discours ; les révolutions, les guerres, l'effusion des flots de sang, la destruction des peuples, ne lui paraissent plus qu'un grand spectacle, l'ornement du triomphe de ses opinions. Il lui semble courageux de ne point changer de pensée, malgré tout ce fracas imaginaire des événements. Cet homme quitte la plume, et redevient ce qu'il est réellement, ami du calme, de la douceur, de la pitié. Lui-même détesterait, dans la bouche d'autrui, les paroles qu'il a tracées sur le papier.

24.

Dans les temps civilisés, écrire devient un métier distinct de la vie habituelle; c'est un rôle que l'on joue à de certains moments seulement, et que l'on quitte dès qu'on a rempli sa tâche. Jadis un auteur était un homme que son génie et les circonstances portaient à exprimer ses pensées réelles, avec plus de force que le vulgaire; de cette sorte, le langage avait moins d'apprêt, et les opinions plus de mesure.

Les travaux historiques des érudits méritent une mention particulière. Le recueil de l'Académie des inscriptions est assurément un monument fort honorable pour le dix-huitième siècle. Le caractère des savants qui se livraient à ces études, conservait quelque chose de l'ancien esprit des littérateurs. Leur science seulement les occupait; ils s'y dévouaient avec patience, pour l'amour d'elle, non pour l'amour du succès. En même temps ils avaient

acquis une saine critique; ils s'étaient dé-
gagés de cette superstition aveugle, que les
érudits des siècles précédents apportaient
dans tout ce qui a rapport à l'antiquité :
elle devenait chaque jour mieux connue.
On s'introduisait dans les mœurs, dans les
opinions des Grecs et des Romains, et par
là on entendait mieux leurs livres. Au lieu
de vouloir accommoder l'antiquité au goût
des modernes, on tâchait de reproduire
la couleur et le caractère de l'antiquité
dans toute sa pureté; aussi le système de
traduction changea, et devint préférable
au système qui avait été adopté dans le dix-
septième siècle.

Les érudits se livrèrent aussi à des recherches plus intéressantes encore. Tandis
que les historiens et les écrivains politiques
négligeaient l'antiquité française, ils en firent l'objet d'une grande partie de leurs
travaux; ils s'occupèrent de nos anciennes

institutions, de nos lois, de nos origines;
ils contribuèrent à publier des collections
précieuses pour notre droit public : leur
imagination aussi ne demeura pas insensible aux souvenirs de la patrie; et les
littérateurs purent apprendre d'eux quel
charme puissant exerçaient les antiques
mœurs, la chevalerie, et la naïve poésie
de nos trouvères et de nos troubadours.

Si nous avions eu à examiner la littérature des républiques anciennes, nous aurions dû placer les orateurs avant les écrivains, et avant ceux qui ont employé leur
talent à composer des livres; chez eux
l'éloquence parlée avait quelque chose de
plus vrai et de plus pénétrant, puisqu'elle
faisait, pour ainsi dire, partie de la personne; la parole était pour les orateurs
une sorte d'action; car ils en usaient dans
les relations directes avec les hommes. Elle
sortait du domaine de l'imagination, pour

se confondre entièrement avec le caractère, les opinions ou les intérêts ; mais, dans nos mœurs, les orateurs se rapprochaient beaucoup des littérateurs ; il n'y avait pas d'arène où l'éloquence pût servir d'arme pour défendre des sentiments personnels, où elle pût briller dans le combat, et devenir par là pleine d'une complète réalité. Les hommes auxquels il était permis de parler, le devaient toujours faire dans une position donnée ; le caractère de leur langage, la nature de leurs idées, étaient déterminés d'avance. La parole était pour eux une partie de la profession qu'ils remplissaient dans la société ; il fallait parler suivant son rôle, et non suivant son sentiment.

Cependant, un prêtre, qui s'est toujours renfermé dans son saint ministère, que le monde n'a jamais vu dans ses rangs frivoles, qui, vivant dans le sanctuaire, n'a jamais fait entendre d'autres paroles que la parole de Dieu, doit atteindre, mieux que tout autre, à la plus sublime éloquence. Comme les orateurs anciens, c'est aussi sa vraie pensée, celle du fond de son cœur, qu'il veut persuader aux hommes. Mais combien elle est plus grande et plus touchante que toutes celles qui se rapportent aux intérêts humains! Quels mots à prononcer, que la mort et l'éternité! L'honneur, la liberté, la patrie, les plus nobles idées des hommes, se voient abaisser, quand on songe à l'abyme où elles vont se perdre. Qu'ils ont été heureux ceux qui ont pu voir Bossuet orné de ses cheveux blancs, et du souvenir de ses vertus, s'élever dans la chaire, en face du cercueil du grand Condé, et consacrer les louanges de la gloire périssable, en les associant aux louanges de la gloire éternelle! Jamais sans doute la parole humaine n'a été aussi grande, et nous ne pensons pas que l'imagination puisse se créer un plus sublime spectacle.

Mais le temps de l'éloquence religieuse était passé, les orateurs et l'auditoire avaient changé; la foi était éteinte chez la plupart des hommes, refroidie ou timide chez les autres. On ne se portait plus dans les temples pour y entendre prêcher des vérités établies et respectées au fond du cœur; on n'y arrivait plus avec un sentiment de conformité et de sympathie; tout au contraire, on y était conduit par une curiosité sans bienveillance. On venait épier la parole sainte, et non point s'en pénétrer; chacun voulait savoir si un orateur se tirerait habilement de la difficulté de parler sur des choses qui n'obtenaient plus ni croyance, ni vénération; un sermon était écouté dans la même disposition qu'un discours académique.

Pour combattre ce penchant malheureux des esprits, il eût fallu des orateurs remplis de chaleur et d'audace, profonds dans la science de la religion, et animés par une foi que l'incrédulité du siècle afflige et n'intimide pas; mais par malheur le public agit toujours sur ceux qui lui parlent, plus que ceux-ci n'agissent sur lui. D'ordinaire, pour plaire aux hommes, et pour produire sur eux un effet plus sûr, on entre dans leur sentiment, ou du moins on cherche à ne point le blesser; ainsi les prédicateurs du dix-huitième siècle ressentaient l'effet de l'esprit général. C'était avec une sorte de crainte et de réserve qu'ils remplissaient leur saint ministère : ils avaient peur de heurter la mode : ils tâchaient de se faire pardonner et leur profession et leurs discours. S'accommodant au goût de l'auditoire, ils fuyaient tout ce qui se rapprochait du dogme et des principes positifs de la religion, ils s'étendaient avec plus de complaisance sur ce qui avait rapport à la morale purement humaine ; et la religion n'était employée que comme un accessoire convenu, qu'il fallait dissimuler le plus adroitement possible, pour éviter la dérision ; ils rougissaient de l'Évangile, au lieu de le confesser hardiment.

Cette disposition équivoque ne saurait inspirer l'éloquence. D'ailleurs, que de ressources ils s'interdisaient en renonçant au dogme pour s'occuper de la morale ! Croyaient-ils pouvoir remplacer, par des ressorts purement humains, les moyens que fournit la religion pour frapper l'imagination et pour émouvoir les ames ? Ce style orné et mondain, cette élégance des beaux esprits, pouvaient-ils approcher des ressources que trouve l'orateur vraiment chrétien, dans le langage imposant et mystérieux des livres saints ? L'éloquence de la chaire perdit ses formes simples et presque vulgaires, qui rendaient les pensées plus fortes et plus terribles, qui lui imprimaient un caractère particulier, et la tiraient de pair d'avec les compositions des écrivains; elle perdit aussi cette puissante érudition qui rappelait sans cesse, soit les souvenirs divins de l'Écriture, soit les souvenirs touchants des premiers âges de la religion, le génie des pères de l'église, les actes des martyrs, ou la dévotion des solitaires. Les prédicateurs, de pontifes qu'ils étaient, devinrent des littérateurs. Et si l'on eût voulu retrouver le vrai caractère de l'éloquence sacrée, il eût fallu le chercher, non parmi les plus grands et les plus habiles de l'église, mais chez quelque missionnaire simple et farouche, isolé, par ses mœurs, de toutes les influences du siècle.

L'éloquence du barreau demande aussi

à être observée, pour y retrouver les traces du progrès des opinions. Elle a plus de rapport avec les événements politiques, et la marche qu'elle a suivie a peut-être eu des effets plus directs.

Dès le commencement du dix-huitième siècle, les avocats avaient renoncé à ce vain luxe d'érudition, à cette pédanterie, à ce ridicule bel-esprit dont Patru s'était déja éloigné. Leur langage était devenu simple et sérieux, leur discussion avait un ton grave et mesuré; ils ne se bornaient plus à discuter des citations et des autorités, ils s'occupaient à rechercher des principes pour en faire la base de leur raisonnement. C'est par cette sorte de mérite que Cochin, Lenormand et quelques autres acquirent une réputation méritée. Dans une autre branche de l'éloquence du barreau, d'Aguesseau se distingua par les mêmes avantages, appropriés à la si-

tuation où il se trouvait. Il fut élégant,
convenable et digne dans tout ce qu'il écrivit comme magistrat.

Mais le concours des choses amena peu-
à-peu de nouveaux changements. Pendant
que des écrivains agitaient toutes les questions de droit public, de législation crimi-
nelle ou civile, qu'ils discutaient les droits
et les obligations des citoyens, des magistrats, des souverains, il était difficile
que les hommes qui, par état, s'occupaient de ces matières, continuassent à
les traiter d'une manière simple et positive. Ils s'accoutumèrent bientôt à développer des vues générales, à remonter
aux causes universelles, à établir une
théorie, au lieu de discuter un fait. L'é-
loquence du barreau acquit ainsi un intérêt plus étendu, elle sembla plus forte et
plus nourrie de pensées ; peut-être, au
fond, avait-elle moins de vraie science,

et s'éloignait-elle de sa destination réelle ; mais elle devenait susceptible de produire de plus grands effets. C'est ainsi que l'on vit les lettres et le barreau s'allier et se confondre. Les factums des avocats et les discours des magistrats eurent des succès aussi universels, que les livres des gens de lettres. Et les gens de lettres se trouvèrent capables de paraître avec honneur dans cette carrière, qui peu d'années avant leur eût été étrangère.

Le gouvernement contribuait à donner au barreau ce nouvel esprit, et faisait, sans le savoir, tout ce qu'il fallait pour le rendre hostile. Sans être tyrannique, il ne voulait reconnaître les droits de personne ; au milieu de sa faiblesse, il professait les principes du despotisme le plus absolu. A la face de la France, en dépit de tous les souvenirs et des lois écrites, l'autorité royale prétendait que rien ne devait balancer son action ; des écrivains étaient encouragés à soutenir cette doctrine ; on voulait la fortifier de l'autorité de la religion, de quelques mensonges historiques, et de l'esprit tranchant et irréfléchi des courtisans militaires. La magistrature qui depuis deux siècles se trouvait, par la force des choses, chargée de défendre les droits des citoyens, et même ceux de la nation, s'opposait sans cesse à des prétentions dont on n'a pas conservé le souvenir, tant elles semblent s'accorder mal avec l'incertitude et la débilité du gouvernement. Il supportait impatiemment cette opposition des tribunaux, et leur contestait le noble privilége du maintien des lois. Les magistrats s'appuyaient vainement sur l'autorité de souvenirs encore récents, sur les mœurs de la nation, sur des témoignages écrits et positifs : ils n'étaient pas écoutés, l'autorité les regardait comme des rebelles. En même temps les écrivains et le vulgaire s'étonnaient de les voir défendre leurs droits par de telles raisons. Il paraissait pédant et gothique d'aller rechercher des démonstrations hors des principes généraux de la politique et de la nature des sociétés. On obéit bientôt à cette double opinion ; les remontrances des parlements, les discours prononcés dans leur sein, les opinions des magistrats se ressentirent de l'ensemble des choses, et changèrent de caractère.

Ainsi la magistrature, et tout ce qui l'entourait, était contraint de sortir de la route, qui naturellement devait être suivie. Des causes particulières contribuèrent plus puissamment à ce résultat. Tandis que la religion était attaquée ou délaissée, ses défenseurs, comme s'ils avaient pris plaisir à travailler pour ses ennemis, fomentaient des discordes et des persécutions dans son propre sein. La persuasion s'était affaiblie, mais l'amour-propre avait conservé tout son feu, et l'église employait les derniers restes de sa force à montrer de l'intolérance contre une part de ses enfants. Des moyens violents et arbitraires furent demandés et obtenus. Les dépositaires des lois virent avec chagrin qu'elles fussent violées, et s'efforcèrent de défendre le parti opprimé. Dans tout le royaume les avocats et les tribunaux s'occupèrent à discuter les droits que pouvait avoir le gouvernement de l'église à exercer un tel pouvoir. Les questions de liberté, la limite des autorités, la constitution de la république chrétienne, tout cela fut débattu, soit avec les armes de l'érudition, soit par des raisonnements tirés de la nature des choses. La résistance d'un côté amena bientôt l'exagération de l'autre. Cette controverse, dont on se souvient peu à présent, est une des causes qui ont le plus puissamment influé sur l'esprit des avocats; en leur donnant une grande habitude de traiter les questions générales, elle leur fournit des armes, et leur inspira en même temps le désir de s'en servir pour attaquer.

La suppression de l'ordre des Jésuites fut aussi une occasion favorable à l'éloquence et à l'autorité des magistrats. L'examen des statuts de cette société puissante et des doctrines qui lui étaient imputées, le danger de son existence comme corps dans l'état, son influence sur la nation par l'enseignement; c'étaient là des questions de la plus haute importance, et qu'il fallait discuter pour l'Europe entière. Plusieurs magistrats se trouvèrent au niveau du rôle qu'ils avaient à remplir, et développèrent avec sagesse de hautes pensées et de vastes considérations. M. de Mont-

clar et M. de Castillon, à Aix, rappelè-
rent les beaux temps de la magistrature,
par la gravité et l'élévation de leur éloquence. M. de la Chalotais participa davantage à l'esprit qui régnait dans le
monde, et s'appuya sur les doctrines philosophiques, où son talent trouva de puissants secours. Un peu plus tard, M. Ser-
van montra aussi le même genre de mérite
dans d'autres questions.

Nous avons essayé, en examinant les
divers genres de littérature, de faire apercevoir la marche des opinions pendant les
premières époques du siècle; nous avons
vu cette marche devenir de plus en plus
rapide, et trouver chaque jour moins
d'obstacles devant elle. On avait voulu
un instant essayer de l'arrêter. On avait
voulu susciter un parti qui s'opposât aux
succès des littérateurs dont on redoutait
l'influence. Quelques tentatives avaient été

faites. Des comédies avaient été représen-
tées, où l'on avait cherché vainement à
jeter le ridicule sur ceux qui en avaient
fait leur arme la plus puissante ; des journaux avaient été encouragés dans leur
critique. Au sein de l'Académie, des discours furent dirigés contre les opinions
qui y régnaient. Mais tous ces efforts
étaient inutiles. Ceux qui les encoura-
geaient, subjugués eux-mêmes par la mode
et le train général, auraient été fâchés de
paraître dupes du mouvement factice qu'ils
excitaient ; et les premiers ils se moquaient
de leurs défenseurs. Et en effet, les uns
étaient sans bonne foi et n'avaient pour
motif que des haines particulières et de la
jalousie ; au fond, ils avaient les mêmes
habitudes de cynisme et de légèreté qu'ils
voulaient reprocher à leurs adversaires ;
les autres ne devaient leur sincérité qu'à
un esprit médiocre et borné, qui combat

ce qu'il ne peut juger. Il fallut bientôt renoncer à ces essais qui préparaient une facile victoire à l'esprit dominant.

Nous voici maintenant parvenus à la dernière période, à cette période, presque contemporaine, qui a été terminée par un si terrible denouement. Ici les lettres deviendront moins importantes dans leur détail. On ne sera plus obligé de chercher dans des livres l'esprit général de la nation ; il est devenu plus actif, il a pris plus d'étendue et de puissance, et bientôt il va commencer à se déclarer par des faits. Nous aurons à présenter un tableau plus grand et plus vif des dispositions universelles ; les écrits sembleraient petits et peu importants, quand ils se bornent à répéter ce qu'on peut entendre distinctement prononcer par la voix de tout un peuple. Ce ne sera plus l'action réciproque des mœurs et des livres les uns sur les autres qu'il faudra peindre; maintenant les lettres et la philosophie ne peuvent plus se distinguer des mœurs : elles en font partie.

La fin du règne de Louis XV fut signalée par un plus grand déréglement en toutes choses. Ce monarque s'était plongé de plus en plus dans une vie dégradée; il avait mis, dit-on, de l'esprit à démêler la situation des choses, et de l'amour-propre à s'y montrer indifférent; tout ce qui l'entourait avait imité cette absurde insouciance. Ainsi, l'on avait détruit tout le respect qui doit s'attacher au gouvernement. Dans les derniers jours de sa vie, Louis XV employa son pouvoir de roi à exciter l'animadversion publique, qui vint s'ajouter au mépris; c'est le propre des autorités chancelantes, de regarder le despotisme comme un moyen de salut. La magistrature fut encore une fois punie de s'être opposée à l'autorité royale. L'opinion publique s'indigna de ces actes, qu'elle regarda comme arbitraires ; et, pour se délivrer des remontrances du parlement, on se donna toute la haine du peuple. Un écrivain devint l'organe de ce ressentiment. Beaumarchais, dans sa cause particulière, sut prendre pour alliée l'opinion générale, et obtint ainsi un succès qui eut toute la vivacité de la mode. Ses mémoires, comme ses comédies, sont pleins de verve, de cynisme, de bouffonnerie, de grace et de mauvais goût ; singulier mélange d'orgueil avec une absence complète de dignité. Quel déplorable spectacle ! une nation qui adopte un tel organe pour ses opinions, un tribunal dans le sein duquel Aristophane établit son théâtre, pour y livrer à la risée publique des magistrats, qui, par malheur, sont dignes de ce traitement ; et, ce qu'il y a de plus triste, un gouvernement qu'on ne saurait ni plaindre, ni excuser. Quel cercle vicieux d'où l'espoir du bien aurait peine à sortir !

Ainsi, ce fut au milieu du mépris et de la haine que Louis XV termina sa trop longue carrière. On vit, avec un vif sentiment d'espérance, le nouveau roi monter sur le trône. Chacun pensa que tout allait prendre une face nouvelle; chacun crut que ses vœux et ses désirs allaient être réalisés ; le monarque était animé du plus pur zèle pour le bien public; peu de rois ont eu l'intention plus sincère et plus constante de vivre pour le bonheur du peuple ; mais son esprit et son caractère étaient trop faibles pour avoir quelque dessein arrêté : il désirait le bien, et ne savait comment le faire. Afin d'arriver à son but, il voulut s'en remettre à ceux dans lesquels il supposait le plus de lumières. Ce fut alors que la philosophie

se crut arrivée au terme qu'elle ambition-
nait ; des ministres furent choisis dans
ses rangs, et furent appelés à tenir les
promesses de leurs écrits ou de leur doctrine. Ils apportèrent un sincère désir
d'être utiles, un vif amour du juste et de
l'honnête, une vertu sévère, un grand dévouement à leur souverain ; mais ils mé-
connurent le caractère de la nation et du
siècle, ils ne surent pas se défendre des
intrigues frivoles que l'on dirigeait contre
eux ; nourris de théories, ils ne songèrent
pas à modifier leurs opinions, et à les
faire adopter sans éclat et comme insensiblement ; ils n'essayèrent pas d'améliorer sans troubler les habitudes et sans
alarmer les amours-propres. Enfin leur
secours fut sans fruit ; le sort les avait
jetés dans un ensemble de circonstances
où ils furent impuissants à faire le bien
qu'ils avaient espéré.

Cependant l'incertitude du monarque,
qui semblait reconnaître qu'un changement
dans l'ordre des choses était nécessaire,
et qui ne savait comment l'opérer, avait
dirigé les esprits avec plus de force encore
vers cette pensée; tous s'occupaient, suivant leur capacité, des principes de la
philosophie et de la politique. Des notions
confuses de gouvernement, de législation,
d'économie publique, faisaient fermenter
toutes les têtes; il y avait dans la nation
un désir vague de perfectionnement, une
ivresse des lumières qu'on croyait avoir
acquises, un dédain superbe pour le passé,
enfin une effervescence qui allait toujours
s'accroissant.

La littérature était regardée comme
l'instrument universel, dont chacun croyait
nécessaire de s'armer; être un écrivain,
c'était occuper un rang dans l'état, et l'esprit était devenu une puissance à laquelle

toutes les autres rendaient hommage. Les opinions se répandaient promptement dans toute la nation; chaque classe, par amour-propre ou par imitation, se hâtait d'adopter les idées de la classe supérieure, et jamais il n'y eut autant de moyens pour accélérer cette communauté; jamais littérature ne se montra plus populaire; les petits théâtres, les almanachs, les romans les plus ignobles se chargeaient des opinions à la mode, et les portaient parmi le peuple. Un voyageur revenait en France après quelques années d'absence, on l'interrogea sur les changements qu'il remarquait: « Rien autre chose, dit-il, sinon que ce « qui se disait dans les salons, se répète « maintenant dans les rues. »

C'est ainsi que toutes les classes, toutes les conditions se remplissaient d'auteurs et de philosophes; au défaut de sentiments et de pensées, la plupart se nourrissaient

de paroles mal comprises et mal digérées.
Les journaux aidaient aussi merveilleuse-
ment cette disposition. En se multipliant,
ils avaient cessé d'être, comme auparavant,
un recueil de jugements sérieux sur les
sciences et les lettres ; publiés chaque jour
ou à de courts intervalles, ils avaient acquis
des lecteurs sans nombre ; faits avec plus
de facilité, ils étaient lus avec moins de
réflexion. Par le progrès des mœurs, la
société et la conversation avaient acquis
une grande influence. Le plaisir de communiquer ses idées à mesure qu'elles naissent, de leur donner plus de rapidité, et
de jouir plus vite et plus complètement de
leur effet, avait propagé ce mode de communication. Les journaux mirent la conversation en commun entre des milliers
d'hommes ; ils leur apprirent à penser facilement et sans maturité. Ainsi disparut
partout la timidité à concevoir une opinion

et la réserve à la dire; chacun se fonda
sur sa science et sur son jugement.

Cependant ce mouvement universel pré-
sentait au premier aperçu un assez beau
spectacle. Un zèle général pour le bien de
l'humanité animait toutes les pensées; on
se repaissait d'illusions, à la vérité; mais
elles n'étaient point coupables. Beaucoup
d'orgueil et de vanité présidait à toute cette
fermentation; mais l'intérêt personnel,
proprement dit, n'y mêlait pas ses calculs
sordides. Les sciences étaient arrivées à
une époque remarquable par leurs progrès;
elles s'efforçaient d'être utiles, et parve-
naient souvent à y réussir. Enfin il y avait
dans tout cet ensemble de circonstances
quelque chose de plus moral et de moins
dégradé que dans les dernières années du
règne de Louis XV. Comme on voit quelquefois, dans les vieillards, un retour de
force et d'activité, une étincelle inattendue

du feu de la jeunesse, épuiser les faibles ressorts d'un corps usé, et présager quelque violente maladie. En effet, cet esprit public tendait de plus en plus au changement, sans trop savoir ce qui devait être changé. Depuis le trône jusqu'au dernier rang du peuple, tous voulaient un ordre nouveau ; il y avait une discordance complète entre les institutions et les opinions. On essaya, pendant quelque temps, de faire fléchir les institutions ; les circonstances s'y opposèrent ; la chose parut impossible ; les institutions s'écroulèrent.

Au milieu de ce murmure sourd, précurseur de l'orage, la littérature reprit aussi plus de vivacité et un caractère plus vrai.

Ce fut alors que le traducteur de Virgile, dont le talent s'était déja annoncé avec éclat, fit paraître un ouvrage, où la poésie descriptive était ornée de tous ses charmes.

Alors aussi, et sans doute ce ne fut pas sans surprise, on vit, au milieu d'un siècle si éloigné de la simplicité des sentiments et de la peinture naïve de la nature, apparaître, comme par phénomène, un écrit revêtu de ces couleurs, dont l'usage paraissait perdu. La postérité aura peine à croire que Paul et Virginie ait été composé à la fin du dix-huitième siècle. Sans doute, elle devinera qu'un esprit amoureux de la solitude et de la méditation, inspiré par le spectacle d'une nature encore sauvage et presque vierge, pouvait seul tracer un tel tableau.

Ce fut encore pendant ces années que deux poètes érotiques se distinguèrent dans un genre qui jusqu'alors était resté étranger aux lettres françaises.

La comédie quitta le ton précieux et ridicule de Dorat, et de ses imitateurs. Collin d'Harleville la ramena, non pas au

temps de Molière, mais à celui de Destouches ou de Lachaussée. Il sut y répandre
un intérêt doux et des sentiments exprimés
avec charme et vérité. Fabre, son rival,
eut plus de verve; mais, malgré ses hautes
prétentions, il ne fut souvent qu'un déclamateur.

Les seules fables que l'on puisse lire
avec plaisir, après celles de Lafontaine,
furent aussi composées dans ce temps ; et
leur auteur ne se distingua pas par ce seul
ouvrage.

Anacharsis parut de même à cette époque. L'érudition n'avait pas encore été
consacrée à un pareil emploi. Au lieu de
présenter l'aride résultat de ses travaux,
et tout l'échafaudage des recherches,
l'abbé Barthélemy sut mettre l'érudition
en action, et en usa pour tracer un vivant tableau de l'ancienne Grèce. Cette
peinture est aussi animée que si elle était

le fruit de la seule imagination. Le long travail nécessaire pour en préparer les matériaux, n'a pas refroidi l'auteur; on voit qu'il avait devant les yeux tout ce qu'il avait placé dans sa mémoire; c'est peut-être à ce goût vif pour l'antiquité où il avait si bien su se transporter, que le style de l'abbé Barthélemy a dû quelques rapports éloignés avec le style de Fénélon. Du moins est-il vrai que Platon l'a parfois rendu éloquent, comme Homère avait rendu Fénélon poétique.

Une foule d'écrits sérieux et utiles, ou qui du moins cherchaient à l'être, étaient encore mieux en harmonie avec l'occupation générale des esprits.

Quelques hommes d'état donnaient à des matières qui, jusqu'alors, étaient demeurées étrangères au public, un intérêt qui était dû à l'élévation de leurs idées, à la pureté de leurs vues, et à la noblesse de leurs sentiments. Parmi eux, M. Necker se distinguait par un amour plus éclairé de la morale et de la vertu; au milieu de cette ivresse orgueilleuse de la raison humaine, son éloquence conservait une sagesse et une modération inconnues alors. Il défendait la cause des sentiments religieux contre le torrent des opinions à la mode, et donnait à tous ses écrits un caractère de finesse et d'élévation, de gravité et de douceur.

Revenons à la disposition des esprits au moment où éclata la révolution.

Les mouvements qui agitent les peuples peuvent être de deux sortes. Les uns sont produits par une cause directe, d'où résulte un effet immédiat. Une circonstance quelconque amène une nation, ou même une partie de la nation, à désirer un but déterminé; l'entreprise échoue ou réussit. Les décemvirs faisaient peser leur tyran-

nie sur Rome; un événement particulier
la rend tout-à-fait insupportable, elle est
renversée. Le parlement d'Angleterre dés-
espère de voir la nation heureuse sous la
domination des Stuarts; il change la dy-
nastie. Les Américains se trouvent oppri-
més par le fisc des Anglais, ils se déclarent
indépendants. Ce sont là les heureuses révolutions; on sait ce qu'on veut, on marche
vers un terme précis, on se repose quand
il est atteint.

Mais il est d'autres révolutions qui dépendent d'un mouvement général dans l'esprit des nations. Par le cours des opinions
les citoyens sont arrivés à se lasser de ce
qui est; l'ordre actuel les blesse dans sa
totalité; une ardeur, une activité nouvelle,
s'emparent de tous les esprits. Chacun est
impatient de la place qui lui est assignée;
tous en veulent une nouvelle; ils ne savent
ce qu'ils désirent, et ne sont plus suscep-

tibles que de mécontentement et d'inquiétude.

Ce sont là les symptômes de ces longues crises, dont on ne saurait assigner la cause précise et directe, qui semblent le résultat de mille circonstances simultanées, mais d'aucune en particulier; qui allument tout autour d'elles, parce que tout est prêt à s'embraser; qui ne renferment d'abord aucun principe salutaire propre à les apaiser; qui enfin seraient un enchaînement éternel de malheurs, de révolutions et de crimes, si le hasard et plus encore la lassitude ne venaient pas les terminer. Telle fut la convulsion qui conduisit Rome du gouvernement républicain à la domination des empereurs, à travers les proscriptions et les guerres civiles; telle fut la longue agitation qu'éprouva l'Europe lors de l'établissement de la réforme; sanglante période, qui fut le passage des mœurs et des constitutions anciennes à un ordre tout nouveau. Ce sont des époques critiques de l'esprit humain, qui proviennent de ce qu'il a perdu son assiette habituelle; et dont il ne sort qu'après avoir changé totalement de caractère et de physionomie.

La révolution française a offert un semblable spectacle; de même elle a été amenée par des causes universelles et nécessaires. Toutes les circonstances dont elle a semblé résulter, sont liées entre elles, et n'ont été puissantes que par leur réunion. D'ailleurs, quand les effets ont été si vastes, qui peut croire que la cause ait été petite? Lorsque la moindre pierre soustraite à un édifice, entraîne sa chute, qui pourrait n'en pas conclure qu'il était prêt à tomber en ruines?

Il n'est pas besoin de tourmenter l'explication des faits pour concevoir une telle pensée. Quel motif précis pourrait-on

assigner à nos troubles ? Peut - on dire
qu'aucune chose en particulier excitât un
mécontentement vif ? Est-ce de la tyrannie que naquit la sédition ? D'où vient que
l'autorité ne trouva ni volonté, ni force
pour la réprimer ? On dirait vainement
que le pouvoir confié à d'autres mains eût
été mieux défendu. Le caractère d'un gouvernement, on peut même dire d'un souverain, ne dépend-il pas des circonstances où se trouve la nation, et des idées
qui y sont répandues ? Voudrait-on affir-
mer qu'un roi pourrait user de moyens
violents et militaires, lorsque, depuis cent
ans, ni lui, ni ses pères ne sont plus soldats ? L'armée et ses chefs ont - ils le
même esprit et la même discipline après
un long repos qu'après de sanglantes
guerres ? C'est ainsi qu'on peut se convaincre qu'une révolution qui change la
face de l'univers ne résulte pas du carac-

tère d'un homme ou d'une résolution qu'il a prise.

Ce fut donc une impatience d'autant plus forte dans ses attaques, qu'elle était vague dans ses désirs, qui produisit le premier ébranlement. Chacun s'abandonnait librement à ce sentiment sans réserve et sans remords. On s'imaginait que la civilisation et les lumières avaient amorti toutes les passions, adouci tous les caractères; il semblait que la morale était devenue facile à pratiquer, et que la balance de l'ordre social était si bien établie, que rien ne pourrait la déranger. On avait oublié que ce n'est jamais impunément que l'on met en fermentation les intérêts et les opinions des hommes. Le calme et les longues habitudes étouffent dans le cœur humain un égoïsme actif, une ardeur, qui se rallument lorsqu'il se trouve chargé personnellement de défendre ses intérêts,

lorsque le désordre de la société les remet
en problème, lorsqu'ils ne sont plus pro-
tégés et maintenus par des règles fixes;
quand ces règles sont détruites, l'homme
se trouve, comme auparavant, âpre et
hostile. Cette mansuétude sociale, que lui
avait donnée le repos, fait place aux vices
et aux crimes. Il avait été moral par harmonie avec l'ordre établi, il retrouve toute
sa force en entrant dans la carrière du
mal.

Une autre cause accroissait la chaleur
et l'imprudence des opinions, c'est la certitude que chacun y attachait. Les temps
étaient paisibles et uniformes; les idées et
les systèmes avaient un libre cours, rien
ne venait les contrarier ni les démentir;
on manquait d'expérience, et l'on donnait
toute confiance à la théorie : mais quand
viennent les moments orageux; quand, à
chaque instant, des événements nouveaux

et imprévus attestent la faiblesse des raisonnements ou des prédictions ; quand tous les jours on s'abuse sur les hommes et sur les choses, pour être désabusé le lendemain par une lumière soudaine ; alors on devient moins hardi dans ses calculs, on craint de se tromper, et l'on ne veut rien hasarder sur les assurances fragiles de sa propre raison.

Ainsi, on ne devait attendre ni prudence, ni modération ; même des hommes honnêtes et sages. L'idée d'un renouvellement complet ne les effrayait pas, ils voyaient la chose comme facile, et le résultat comme heureux ; aucune hésitation ne les arrêtait ; l'objet de leurs vœux n'était pas seulement de modifier l'ordre existant, ils voulaient en créer un autre. Aussi, en peu de temps, la destruction fut totale, rien n'échappa à cette ardeur de démolir. On ne se doutait pas que renverser ainsi

toutes les lois, toutes les habitudes d'un
peuple, décomposer tous ses ressorts, le
dissoudre dans ses principes, c'est lui ôter
tous les moyens de résistance contre l'oppression; pour qu'il puisse la combattre,
il faut qu'il trouve de certains points d'appui, des centres d'aggrégation, des en-
seignes pour se rallier; on lui ôta tous ces
secours. La nation fut mise en poudre, et
livrée, sans défense, à toutes les tyrannies
révolutionnaires. Tel est l'inconvénient des
révolutions entreprises, non pas pour un
but certain, mais pour la satisfaction d'un
sentiment vague. Si on eût réclamé quelque privilège, quelque droit positif, écrit
dans des chartes nationales, on l'eût obtenu, et puis on eût été satisfait. Mais,
lorsque des hommes demandent à grands
cris la liberté, sans y attacher aucune idée
fixe, ils ne font autre chose que préparer
les voies au despotisme, en renversant tout
ce qui pourrait l'arrêter.

Les premiers artisans de cette destruction furent la plupart inspirés par des vues
pures et bienfaisantes. Bien que la première de nos assemblées publiques se soit
égarée dans beaucoup d'illusions, elle offre, sans nul doute, un titre de gloire pour
la France. Elle présente un spectacle imposant, cette réunion d'hommes, l'élite de
la nation, rassemblés de tous les points de
son territoire pour s'occuper des intérêts
les plus chers de la patrie et de l'humanité, y apportant la plus noble chaleur
et toutes les forces de leur ame; presque
tous sacrifiant leurs intérêts personnels,
hormis celui de leur renommée. Leurs
travaux, qui n'ont pas eu d'heureux résultats, nous paraissent quelquefois vains
et insensés; cette ardeur à établir des principes, en négligeant de s'occuper de leur
application, nous semble parfois puérile.
Nous sommes tentés de mépriser nos pré-

décesseurs, ainsi qu'ils faisaient des leurs.
Toutefois n'oublions pas qu'il est facile de
juger après l'événement. Tâchons de nous
transporter, par la pensée, dans ce temps,
qui commence à nous paraître bien éloigné,
où les ames, pleines de ressort et d'éner-
gie, avaient besoin d'occupation et de mouvement, où leur flamme se portait sur tous
les objets, où leurs facultés étaient ambi-
tieuses de s'exercer tout entières; et si
nous reconnaissons que, dans une telle
disposition, les esprits sont susceptibles
d'erreur et d'illusion, peut-être penserons-
nous aussi qu'ils n'ont pas pour cela moins
de force et moins de puissance. Alors nous
pourrons apercevoir combien de talents se
distinguèrent dans cette assemblée. Nous
pourrons observer le caractère de l'éloquence publique, dans le seul moment où
elle a pu se montrer en France. Nous y
retrouverons les défauts de la littérature

et de la philosophie du dix-huitième siècle. Nous pourrons y désirer quelque chose de plus simple et de moins déclamateur; nous regretterons que quelques orateurs célèbres n'aient pas pu substituer l'autorité d'une vie grave et pure, à la chaleur, parfois factice et théâtrale, de leurs discours. Mais en même temps nous admirerons combien la parole fut souvent noble, élevée et persuasive dans cette tribune, combien la discussion philosophique y fut profonde et subtile, combien de force et de courage de caractère furent employés dans l'attaque et dans la défense. Nous nous applaudirons de voir la France si fertile en hommes éclairés et en amis du bien public. Enfin nous apprendrons à tirer honneur d'un moment dont quelques personnes aveugles ou de mauvaise foi voudraient faire rougir la nation.

Mais, peu après, le spectacle changea :

le mouvement se communiqua de proche en proche, et chacun voulut se mêler aux affaires. Bientôt on vit paraître, dans les assemblées publiques, des hommes d'un caractère nouveau; nés, pour la plupart, dans une classe secondaire, ayant vécu hors d'une société qui adoucit le caractère et diminue la force de la vanité, en lui donnant des jouissances journalières; ennemis envieux et acharnés de la différence des rangs; ils étaient nourris des livres modernes et de leurs théories, que le commerce des hommes n'avait pas modifiées dans leur esprit. Ils y trouvaient de quoi revêtir de noms honorables leurs sentiments personnels, qu'eux-mêmes ne démêlaient pas bien. Les uns arrivaient pénétrés de Rousseau, et puisaient dans ses écrits la haine de tout ce qui était au-dessus d'eux; les autres avaient pris, dans Mably, l'admiration des républiques an-

ciennes, et voulaient reproduire leurs
formes parmi nous ; quelques-uns avaient
emprunté à Raynal la torche révolution-
naire qu'il avait allumée pour consumer
toutes les institutions ; d'autres, élèves
du fanatique Diderot, frémissaient de colère au seul mot de prêtres et de religion ;
il y en avait qui voulaient froidement essayer leurs théories abstraites, dont leur
orgueil désirait l'application, quelque prix
qu'elle pût coûter.

Telle fut la seconde classe d'hommes
qui prit part à la révolution ; comme ils
n'avaient pas une perversité bien décidée,
et qu'il entrait de l'aveuglement dans leurs
fautes, ils ne recueillirent aucun fruit du
mal qu'ils avaient fait, et en furent promptement punis. Le talent de quelques-uns
d'entre eux ne doit pas être passé sous
silence ; il se montra surtout lorsque leur
éloquence leur servit à se défendre, après

avoir eux-mêmes tant attaqué; leur langage alors fut souvent touchant et vrai.

Après eux la révolution n'appartient plus à l'histoire des opinions ; elle est livrée presque entièrement aux passions et aux intérêts personnels. Le masque dont ils se cachaient était si grossièrement appliqué que personne n'a pu s'y tromper; la plupart de ceux qui s'en couvraient ne se faisaient pas illusion à eux-mêmes. Ce qu'ils ont fait n'a pas même l'excuse de l'enthousiasme et de l'enivrement.

Ainsi, ayant voulu traiter la question si souvent débattue de l'influence des lettres et de la philosophie sur nos troubles politiques, nous nous arrêterons au moment où elles n'y sont plus pour rien. Au milieu des crimes et des calamités publiques, la littérature ne put jouer qu'un rôle bien secondaire. On doit remarquer toutefois une circonstance, qui semble parti-

culière à un temps civilisé; aucun parti,
aucune autorité ne voulut renoncer à cou-
vrir ses actes et ses sentiments d'un vernis
de raisonnement. Le plus fort voulut toujours prouver qu'il avait raison, autrement que par la force. Le sophisme et la
déclamation furent sans cesse aux ordres
de chaque domination; la parole s'employa
à tout; il n'y a rien qu'elle n'ait justifié,
rien qu'elle n'ait loué. On a trouvé de
complaisants philosophes pour excuser les
massacres, et des amis de la liberté pour
vanter le pouvoir arbitraire. La poésie
même a prêté ses accens pour chanter les
temps les plus cruels de nos malheurs.
Elle a eu un enthousiasme de commande,
et a fait entendre sa voix au milieu du
sang et des larmes. Déja il ne reste presque plus rien de cette littérature révolu-
tionnaire. Le langage ne pouvait avoir ni
persuasion, ni verve dans de tels moments.

L'art ne sait point donner d'effets durables à une éloquence hypocrite ; et lors même que, par un aveuglement fatal, l'imagination a pu acquérir un certain degré de chaleur et de vraie passion, elle semble, à nos yeux, comme l'exaltation produite par l'ivresse, un objet de dégoût et de pitié.

Enfin, avec le siècle se termina cette convulsion, qui semblait se renouveler sans cesse ; une main puissante vint calmer les agitations intérieures de la France. L'Europe, qui n'avait su combattre, ni même connaître la force et la nature de notre révolution, commença à y participer entièrement ; partout l'ordre ancien des choses, comme s'il eût été condamné par un décret irrévocable, s'écroula dès qu'il fut attaqué. L'avenir apprendra quelles mœurs, quelles opinions politiques ou morales pourront naître au milieu de tous les éléments, que cette nouvelle composition n'a pas encore combinés entièrement. Les esprits ne changent pas aussi rapidement que les évènements ; tant d'agitation et d'incertitude ont dû troubler les ames, et les laisser pour long-temps inquiètes et douteuses dans leurs sentiments, leurs désirs ou leurs opinions. Ceux qu'a corrompus un long désordre, ne peuvent pas devenir meilleurs tout à coup; les idées ne sauraient être assises et fixes, quand elles ont manqué si long-temps de centre où se rattacher; les habitudes se forment difficilement chez les hommes qui, pendant plusieurs années, n'ont pu compter sur le lendemain. Enfin, le calme peut être rétabli dans le monde physique, s'il est permis de nommer ainsi l'ensemble d'une nation et les rapports publics des hommes entre eux, tandis qu'un triste chaos peut régner encore dans le monde moral.

Reprenons rapidement la marche que nous avons suivie dans nos réflexions sur le cours de l'esprit humain pendant le dix-huitième siècle.

La fin du règne de Louis XIV vit disparaître les hommes qui avaient contribué à illustrer ce monarque. Privé de l'éclat qu'ils répandaient sur lui, il perdit, avant sa fin, par ses fautes et ses malheurs, l'admiration et le respect des peuples; il vit son ouvrage se détruire, et comme il avait tout rattaché à sa personne, il put apercevoir qu'après sa mort, il ne resterait plus rien de lui. A peine, en effet, est-il expiré, qu'on voit éclater tous les désordres qui fermentaient depuis quelques années. La licence succède rapidement à la contrainte qui vient de cesser. La littérature, qui d'abord avait paru ne pas devoir survivre à ceux qui l'avaient honorée dans le siècle précédent, se réveille après un

court moment d'inertie; mais elle a commencé à prendre une face nouvelle; son
caractère n'est déja plus le même; ceux
qui la cultivent n'ont pas non plus les
mêmes mœurs et le même esprit que leurs
devanciers.

Bientôt ces changements deviennent
plus marqués; les lettres participent à l'esprit de licence de la société. Un génie ar-
dent s'asservit à toutes les opinions nais-
santes, les flatte d'abord, puis les prévient
et les accélère; il brille sur la scène, et
l'enrichit de chefs-d'œuvre nouveaux. La
poésie, dans sa bouche, acquiert tout le
charme de la facilité et de l'élégance; son
activité s'essaie à tous les genres de succès;
il les obtient presque tous, et souvent il
les mérite : ses ouvrages ont tous la même
direction; ils attestent le goût et l'esprit
des contemporains. Un autre écrivain, plus
grave et plus profond, cache aussi, sous

une écorce plus secrète, une grande conformité avec le cours général des esprits ; il dirige l'attention publique sur les matières de gouvernement et de politique, et s'y montre habile et sage.

Cependant peu à peu le sort des hommes de lettres a changé ; ils sont devenus plus nombreux, ils ont acquis plus d'indépendance ; et leur place a pris plus d'importance dans la société. Leur vanité s'en accroît, et leurs opinions se ressentent de ce changement ; la résistance qu'on croit leur devoir opposer est faible et mal dirigée ; elle ne sert qu'à augmenter leurs dispositions hostiles. Forts de l'opinion publique et de l'accueil flatteur de l'Europe entière, ils se réunissent et forment une sorte de secte, dont les membres ne professent pas des opinions arrêtées et uniformes, mais qui, animés du même esprit, tendent à produire le même effet.

Dans cette secte naît une nouvelle phi-losophie ; l'homme est envisagé sous un point de vue différent ; une métaphysique plus claire et moins élevée est adoptée ; on la croit démontrée ; la morale et la po-litique s'étonnent de voir leurs principes s'élever sur des bases nouvelles ; la reli-gion est attaquée avec violence ; toutes ces opinions se disséminent dans les livres particuliers de chaque écrivain, et se réu-nissent en un seul et vaste corps d'ou-vrage, entrepris dans des vues utiles, mais exécuté ensuite dans une autre inten-tion ; l'ordre social concourt merveilleu-sement avec ce progrès des opinions ; l'au-torité est sans force, sans action régulière ; la nation est sans gloire, la religion sans apôtres, la morale pratique a disparu avant même qu'on ait essayé d'ébranler ses prin-cipes.

Un philosophe se sépare entièrement

des autres, et même se déclare leur ennemi; plus éloquent, plus enthousiaste que
tout ce qui l'entoure, il arrive au même
but par une voie différente, il attaque
avec passion les lois de la société et les
devoirs qu'elle impose; bien qu'il soit le
défenseur des vertus et des nobles sentiments, il veut y conduire par une route
dangereuse.

Les sciences qui, dans le commencement du siècle, ont procédé avec patience,
mais sans succès éclatants, deviennent tout
à coup un haut titre de gloire pour la nation. Un homme profond dans les sciences
exactes, en montre la marche et l'esprit,
les envisage d'un coup d'œil philosophique, et trace peut-être le chemin à tous
ceux qui s'y sont tant illustrés depuis.

Les sciences naturelles sont embrassées
par un écrivain qui les expose avec génie,
et leur prête un langage éloquent. Après

lui, elles adoptent une autre marche, elles
font de rapides progrès, s'avancent de
découvertes en découvertes, se divisent
en théories claires et ingénieuses, et deviennent plus répandues et plus utiles. La
nouvelle métaphysique aide à tous ces
succès; elle est entièrement conforme à
l'esprit des sciences de faits et de démonstration abstraite.

Pendant ce temps, les lettres déclinent,
il n'apparaît plus de ces esprits pleins de
force qui leur impriment un mouvement
nouveau; l'art dramatique déchoit; la
poésie perd la grandeur et ne conserve plus
que la grâce. Les prosateurs sont plus heureux, ils montrent du sens, de la facilité,
de l'élégance, et ne sont faibles que quand
ils veulent atteindre à la haute éloquence.
Une foule d'écrits utiles et instructifs se
répandent; le savoir devient plus facile à
acquérir, mais précisément pour cette

raison il a souvent plus d'apparence que de réalité.

Un nouveau règne commence, cette circonstance allume les désirs du changement; on aspire à un état nouveau, toutes les pensées s'y dirigent, et les lettres participent aussi à ce retour de force et d'activité. Cet élan présente un noble aspect; on se plaît à voir cette ardeur de tant d'hommes vertueux et éclairés pour le bien de leur pays ; mais les meilleurs esprits s'égarent en de vaines illusions; jamais on n'a eu tant de vanité et d'assurance ; on veut détruire sans savoir précisément pourquoi ; on veut tout créer de nouveau, dédaignant ce que le passé a légué ; ces folles prétentions sont punies. Tout s'écroule, rien ne se répare ; une longue suite de malheurs vient apporter l'expérience, rabattre l'orgueil des opinions, et inspirer le désir du repos. Enfin, arrive un nouvel

état de choses, qui, après quelques in-
certitudes de l'esprit humain, lui impri-
mera une direction que l'on ne peut entrevoir, tant qu'il sera encore troublé par le
souvenir trop présent de nos déplorables
agitations.

Ainsi s'est écoulé le dix-huitième siècle.
Quand, par la rapide succession des temps,
un grand nombre de périodes pareilles
aura passé sur les tombeaux des hommes,
et peut-être sur ceux des peuples, ce siècle
ne demeurera pas inconnu dans la foule
des siècles écoulés. Il ne sera pas confondu
avec ceux qui ne rappellent aucun souvenir dans la mémoire des hommes. La marche de l'esprit humain, le but où il est
parvenu, y ont été si remarquables qu'il
attirera toujours les regards de la postérité. Ce n'est pas enfin de renommée qu'il
aura manqué; et s'il était permis de former
un vœu pour un avenir, dont une faible

partie seulement nous appartient, nous souhaiterions que le siècle qui commence, ce siècle que nous avons vu naître, et qui nous verra tous mourir, apportât à nos fils et à leurs enfants, non plus de gloire et d'éclat, mais plus de vertus et moins de malheur.

FIN.

NOTE DE L'ÉDITEUR.

Madame de Staël avait fait, pour le Mercure de France, l'analyse suivante du livre que nous venons de réimprimer. La censure se refusa à l'insertion de cet article, que nous avons retrouvé et que nous publions pour la première fois. Nous avons cru qu'il serait curieux de lire les vues fines et profondes que madame de Staël a jetées, tout en passant, sur ce sujet.

« L'institut a donné pour sujet de concours, l'examen de la littérature française du dix-huitième siècle. Il paraît que ce sujet a rencontré de grandes difficultés, puisque depuis plusieurs années aucun des discours envoyés n'a paru digne d'obtenir le prix proposé. On ne s'est peut-être pas assez rendu compte de ce qu'on

29.

exigeait des écrivains qui devaient traiter un pareil sujet. Etait-ce l'influence de la littérature du dix-huitième siècle sur le goût, sur les beaux arts, la morale, la religion, la politique, ou simplement une nomenclature raisonnée des auteurs célèbres et de leurs ouvrages ? le premier travail exige un coup d'œil philosophique, hardi, indépendant ; le second est l'œuvre d'une patience spirituelle qui mettrait après chaque nom propre une louange ou une critique ingénieuse. Dans l'ouvrage que nous annonçons, la littérature du dix-huitième siècle est considérée sous un point de vue général ; plusieurs auteurs y sont jugés avec une sagacité profonde ; mais c'est surtout la question principale qui y est approfondie dans tous les sens. Cette question consiste à savoir s'il faut accuser les écrivains du dix-huitième siècle des malheurs de la révolution, ou si leur tendance était bonne et leurs intentions pures. L'auteur cherche à prouver que leurs erreurs étaient le résultat des circonstances politiques dans lesquelles ils se sont trouvés, de ce relâchement

des principes sociaux, préparé par la vieillesse
de Louis XIV, la corruption du Régent et
l'insouciance de Louis XV. Mais il croit voir
un sincère amour du bien dans le désir général
qu'éprouvaient alors les hommes éclairés d'accomplir ce bien par les lumières. L'auteur en
se montrant ainsi juste envers les philosophes
du dix-huitième siècle, n'en est pas moins sévère
et pur dans les jugements qu'il porte sur la
légèreté des mœurs et la légèreté plus coupable
encore envers la religion. L'on aime à voir
dans les opinions et dans le caractère du jeune
écrivain un heureux mélange d'austérité dans
les principes et d'indulgence pour les hommes ;
mais ce qui domine avant tout dans ce discours,
c'est l'esprit français, l'amour de la patrie ;
on sent que le mot de France est tout puissant
sur celui qui l'écrit ; il se le prononce à lui-même
avec délice. La vieille France parle à son imagination ; la France de Louis XIV satisfait
sa fierté ; la France du dix-huitième siècle
occupe sa pensée, et la France des premiers
jours de la révolution lui semble s'élever à la

hauteur de l'éloquence et de l'enthousiasme
des peuples libres. Ce patriotisme de sentiments
et d'idées fortifie l'esprit public et donne au
talent d'écrire une puissance nationale.

« Parmi les morceaux que nous avons remar-
qués, nous indiquerons particulièrement, un
passage sur l'origine de la poésie française ;
une peinture singulièrement spirituelle de la
Fronde ; des réflexions pleines de profondeur
sur le règne de Louis XIV; un jugement sur
Bossuet, superbe encore au milieu de tout ce
que Bossuet a inspiré. Nous aimons surtout à
rappeler le morceau sur l'assemblée consti-
tuante, parce qu'il nous paraît avoir déjà toute
l'impartialité de l'histoire. L'auteur semble
n'avoir jamais rien à faire avec aucun préjugé
de parti.

«Nous faisons peut-être tort à cet ouvrage, où il
y a des pensées à chaque ligne, en en indiquant
quelques phrases. Les morceaux brillants de
l'enthousiasme peuvent être détachés ; mais une
force contenue, une réserve animée, des réflexions qui supposent beaucoup d'autres ré-

flexions, des connaissances qu'on aperçoit, et d'autres en plus grand nombre qu'on devine : tout cela doit être lu depuis la première ligne jusqu'à la dernière. Peut-être n'a-t-on jamais vu un écrivain débuter dans la carrière littéraire par un ouvrage aussi sagement profond ; et si le caractère du talent est d'être jeune à tout âge, peut-être celui de la pensée est-il de donner la maturité à la jeunesse. D'ailleurs l'auteur de cet écrit se destinant à la carrière de l'administration, il a pris de bonne heure cet esprit de justice et de discernement qui convient surtout à la littérature philosophique, à celle qui n'entre point dans l'empire des fictions, dans cet empire où il faut donner la vie, et avec elle, toutes les passions qui la signalent.

«Le style d'un écrivain est presque déja connu, quand on dit que ses idées sont neuves, originales, nées dans sa tête, qu'une ame pure s'y fait sentir, que son jugement est impartial et profond ; car le style, comme le rappelle avec raison M. de B., est l'homme même ; mais on doit aussi ajouter qu'il y a beaucoup de correction et de précision grammaticale dans ce nouvel écrit.

« On pourrait désirer que l'auteur s'abandonnât plus souvent à ses propres mouvements. Se retenir n'est pas toujours de la force, et bien qu'on sente dans l'ouvrage de M. de B. plus de chaleur qu'il n'en montre, on voudrait qu'il dît plus souvent ce qu'il laisse deviner. Son cœur et ses principes sont extrêmement religieux, mais sa manière de voir semble quelquefois empreinte de la doctrine de la fatalité; on dirait qu'il ne croit pas à l'influence de l'action, et qu'avec beaucoup d'esprit il dit pourtant comme l'hermite de Prague, dans Shakspeare, ce qui est *est*. Il est possible que le dix-neuvième siècle prenne ce caractère de résignation à la force des circonstances, que les faits tout puissants dont nous avons été les témoins peuvent inspirer. Néanmoins quand un homme s'annonce avec la supériorité de M. de B., on est tenté de lui demander une direction positive. Le devoir, repondra-t-il. Oui, le devoir dans la vie privée, dans les emplois publics dont le but est déterminé ; mais dans la route sublime de la pensée, ne faut-il pas que l'impulsion nous vienne d'un caractère enthousiaste? Ne faut-il pas être partial pour ou contre, louer trop, blâmer trop, enfin posséder en soi-même un mouvement et une volonté assez forte pour la communiquer aux autres?

«Le dix-huitième siècle énonçait les principes d'une manière trop absolue; peut-être le dix-neuvième commentera-t-il les faits avec trop de soumission. L'un croyait à une nature de choses, l'autre ne croira qu'à des circonstances. L'un voulait commander l'avenir, l'autre se borne à connaître les hommes. L'auteur du discours dont il s'agit est peut-être le premier qui ait vivement pris la couleur d'un nouveau siècle. Il se détache et s'élève au-dessus des temps qui ont été contemporains de son enfance; il est la postérité dans ses jugements; mais quand il voudra créer à son tour, il aura affaire à un avenir aussi, il sentira le besoin, il développera les moyens d'exercer une influence vive et décidée.

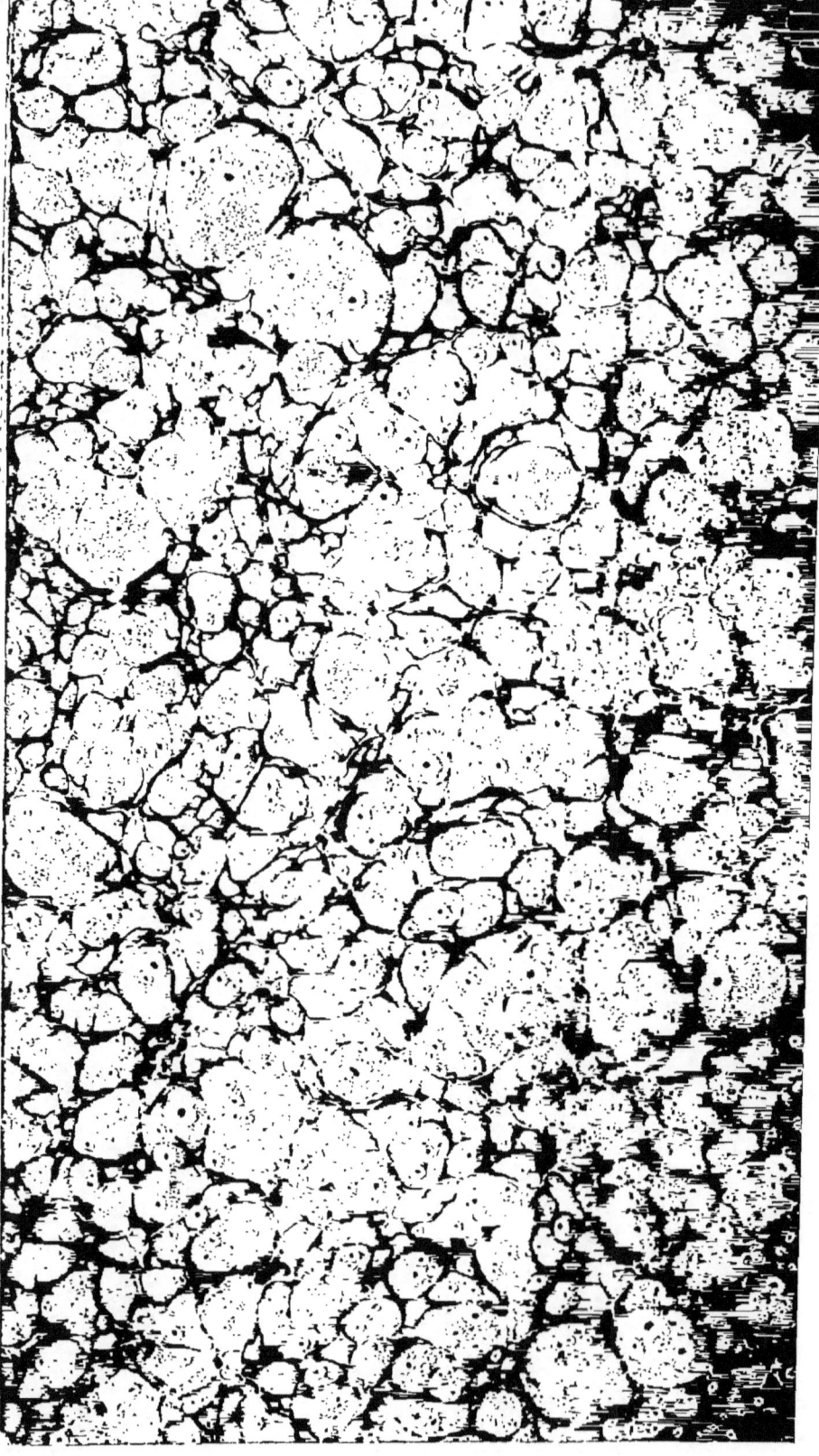

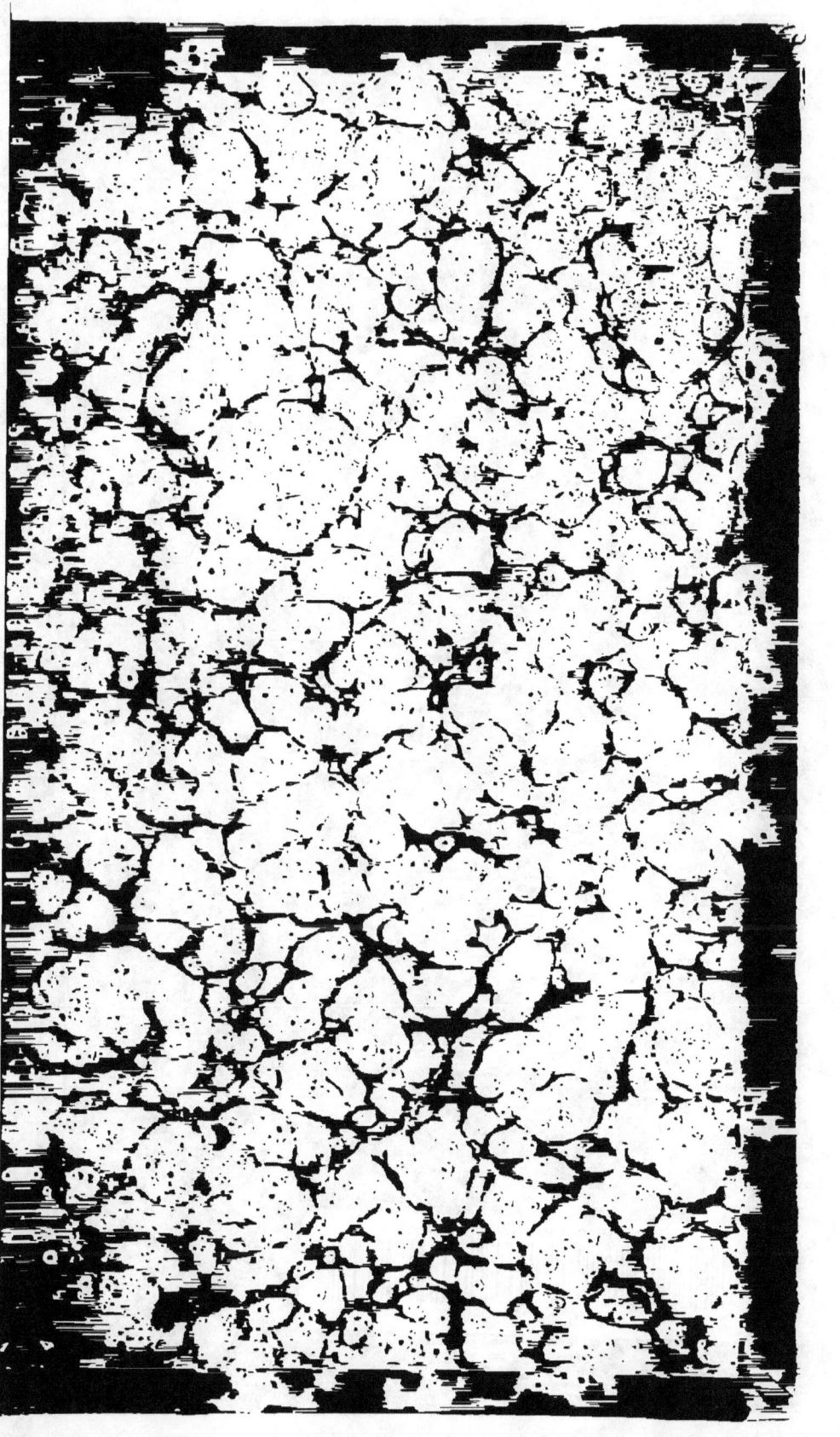

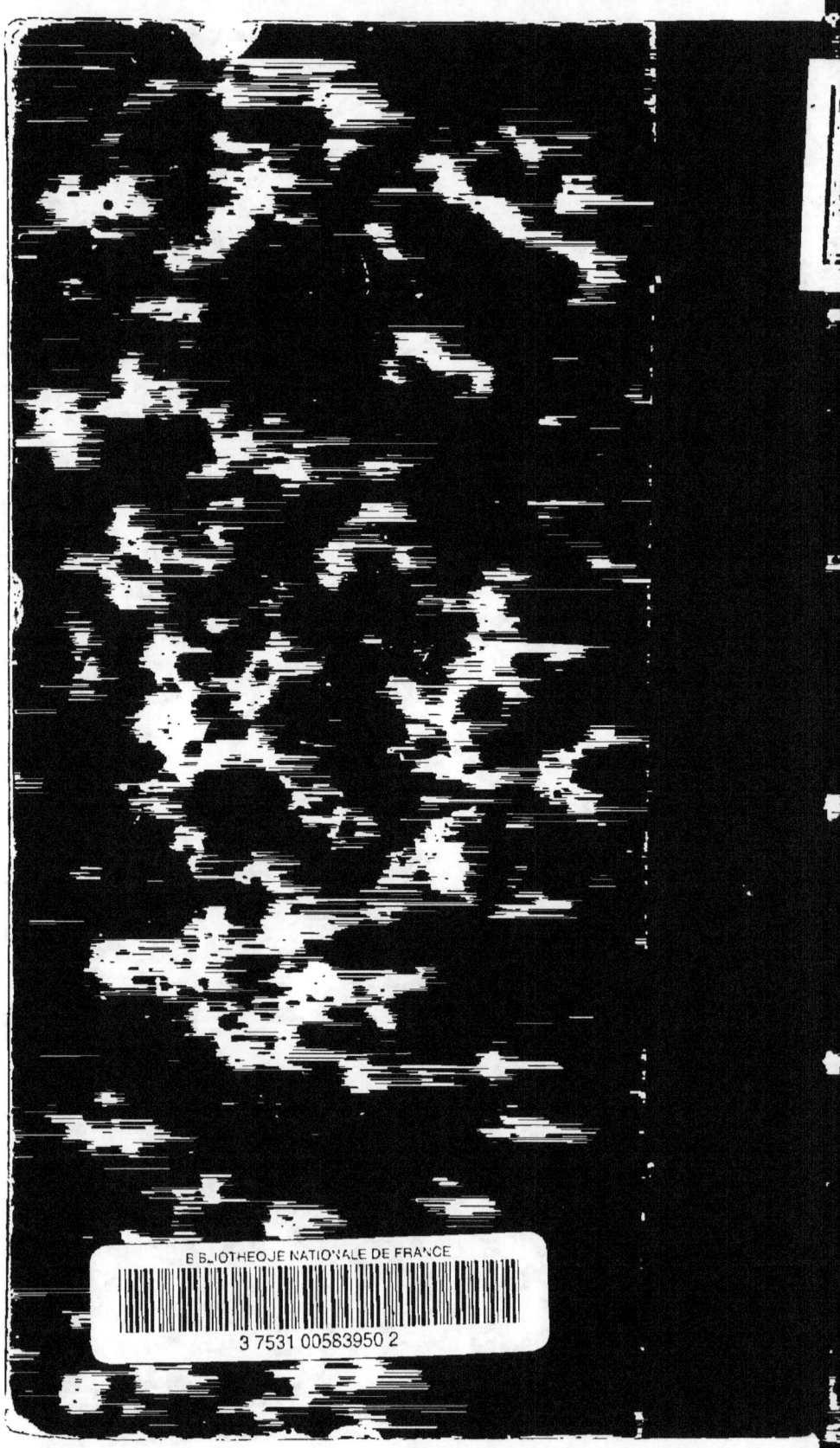

www.ingramcontent.com/pod-product-compliance
Lightning Source LLC
Chambersburg PA
CBHW050307030726
47505CB00003B/602